新潮文庫

人事異動

高杉良著

新潮社版

9145

目次

第一章　華麗なる〝民僚〟たち……七
第二章　系列化工作……三〇
第三章　ロンドンの日々……七八
第四章　転　職……一〇〇
第五章　抜擢人事……一三三
第六章　ライバル……一六一

第七章　出向命令……二一〇
第八章　十年早い定年……二四五
解説　中沢孝夫

人事異動

第一章　華麗なる〝民僚〟たち

1

四年ぶりにロンドンから帰国した新井治夫《あらいはるお》は、その一年後に突然、会社に依願退職を申し出、周囲の人々を驚かせた。

日本有数の総合商社、光陵商事のエリートで、傍目《はため》には出世街道を驀進《ばくしん》しているとみられていた新井が入社十三年目にして辞表を出したのは、もちろん、それなりに理由がなければならない。しかし、新井は先輩や同僚から慰留されても多くを語ろうとしなかった。「人生観の問題です」とだけしか話そうとしない新井に対して、「莫迦《ばか》にするな」と最も頭に血をのぼらせたのは、父方の叔母の連れ合いである三浦芳彦《みうらよしひこ》だ。三浦は、光陵商事の役員で、新井の光陵商事入りのきっかけをつくった男だった。

昭和三十三年の三月に東京大学の経済学部を卒業した新井は、前年の秋、光陵商事の入社試験を受けた。試験は形式に過ぎず、採用されることは初めから決まっていた。新井は、父親の浩之《ひろゆき》が外交官で、子供のころ海外生活の経験もあり、語学にも自信があったので、商社で貿易関係の仕事をやるのも悪くはなかろうと単純に考えて、三浦の慫慂《しょうよう》に従う気になったまでのことだ。

新井は三人兄弟の末っ子だが、長兄は父親と同じ外交官、次兄は大蔵省といずれも官僚の道を歩んだためか、新井の就職先について、浩之は内心はともかくとくに注文はつけなかった。

日本経済の高度成長期の真っ只中《ただなか》にあっただけに、大学二年の秋には青田買いのような話も寄せられていたほど引く手あまただったが、新井は三浦に巧妙に立ちまわられたようだ。

新井は卒業前年の初夏、三浦から光陵商事の牧野社長を紹介された。三浦に夕食を誘われ、ホテルのロビーで待ち合わせたが、食事の前に「うちの相談役の叙勲のパーティがここであるんだが、ちょっと覗《のぞ》いてみるか」と、さりげなく持ち出されたのである。

山歩きの好きな新井は、彫りの深い顔が健康そうに陽焼けし、長身のスリムな感じは牧野の気持ちを惹《ひ》きつけたらしく、

「ぜひ光陵商事に来てくれないか」

と、にこやかに話しかけてきた。

「三浦君がきみの親父《おやじ》さんだったら、三浦君に辞めてもらっても、きみに来てもらいたいところだ」

牧野はそんな冗談口を叩《たた》きながら新井の気を引いたが、三浦もまんざらではなさそうで、

「この子の兄貴は二人とも官僚で、つきあいにくいほうですが、これは私も見どころがあると思ってるんですよ」などと調子を合わせていた。

「どうだい。冗談はともかく、ほんとうにうちに来てもらえるとありがたいな。光陵商事はまだまだ伸びるよ。これからはきみたち若い人の時代だ。うちには外務省の高官の子息がおおぜいいるから、話が合うかもしれん。官僚なんかより〝民僚〟のほうがはるかに仕事が充実してるぞ」

スコッチの水割りを乾《ほ》して、グラスの中の氷のかけらをかたかた鳴らしながら、牧野に真顔で言われたとき、新井はさすがに悪い気はせず、

「よろしくお願いします」

と、頭を下げていた。

「天下の光陵グループでも、大御所的存在の牧野社長に声をかけられただけでも大変名誉なことだよ」

ホテルのレストランで食事のとき、三浦は勿体《もったい》ぶった口調で言ったが、そのとき、新井ははっきり光陵商事に入社する腹を固めていた。

「さっき、牧野社長が妙なことを言ってましたね。叔父さんが僕の親父だったらどうとか……」

「ああ、それはね。光陵グループではうちに限らず、親子が同一企業に勤務することを不文律で認めていないんだ。どうかすると叔父、甥《おい》の関係でも憚《はばか》るようなムードがあるが、そのへんに組織の光陵といわれるゆえんのものがあるのだろうね」

「それじゃ、僕が光陵商事に入るのは、まずいんじゃありませんか」

新井がナイフとフォークを皿に置いて質問すると、三浦はあわてて、口のまわりをナプキンで拭《ぬぐ》いながら言葉を足した。

「そんな心配はいらない。だいいち、きみと私は血のつながりがあるわけじゃないし、私にしてみれば、きみのような人材を商事にお世話できれば、鼻が高いというものだ。要するに、情実人事はやらないという程度の意味で、うちにも光陵グループの役員や幹部クラスの息子がいくらでもいるから、グループ全体でみれば、首尾一貫しないことになるがね」
「それから、民僚というのは官僚に対比して、商社マンを称しているわけですね」
「そういうことだな。ま、私企業のエリート社員は多かれ少なかれ、日本経済の発展に寄与しているのだから、みんな民僚といえるかもしれんな。商社マンはその最たるものだろう」

翌年の四月、新井は光陵商事が大量に採用した新入社員の中の一人に入っていた。その年、光陵商事は東京大学卒業の十数名を含めて、一挙に百人以上の大卒者を採用したのである。

新入社員の教育期間中に、東大出身者だけ一室に集められて、志望部署を訊《き》かれたことがあるが、そのとき、新井は貿易関係と答えた。ところが、ほとんどの者が管理部門を志望していることがわかり、あとで新井は同期の一人に「現業部門なんて、昔の高商出とか商大出にまかせておけばいいそうだよ。われわれは彼らを管理する立場にあるんだ」と、したり顔で言われてびっくりした。

その点は先輩からの申し送り事項にもあった、とその男はつけ加えたが、新井にはそんな妙なエリート意識がぴんとこなかった。

もっとも、東大や一橋大など国立系一流大学出身者がほぼ志望どおりの部署に配属されたところをみると、エリートとして初めから優遇されていたふしがある。新井は、光陵商事では花形部門で収益力の高い機械部に配属され、プラスチック加工機械の販売を受け持たされた。

新井が退職の腹を固めた昭和四十五年の秋、荻窪《おぎくぼ》の三浦邸を訪問したとき、初めは文字どおり一笑に付され、相手にされなかった。

「どうしたんだ。誰かと喧嘩《けんか》でもしたのか」

当時、代表取締役副社長に昇格していた三浦は、その程度にしか受け止めていなかった。

「副社長、きょうはご挨拶《あいさつ》にまいりました」

新井は、光陵商事に勤めるようになってから、公私を峻別《しゅんべつ》する意味でずっと三浦に対して役職名で呼んできた。

「治夫君、ここは会社じゃないんだから、そんな他人行儀な呼び方をせんでもよかろう」

三浦は、ただならぬ新井の様子に、気持ちをほぐすように笑いながら言った。

「いまのポストに不満があるんなら、人事部長に話してやってもいいぞ。情実人事は、商事の最も忌《い》み嫌うところだが、この際そうも言ってられまい」

「………」

「やっと商社マンらしくなってきたところだ。何があったか知らんが、いま辞めてしまっては、きみにとっても会社にとっても大きな損失だ」

「ポストに不満があるということではありません。強いていえば、人生観の問題というほかないと思います」

新井はさすがに照れ臭そうに眼を伏せた。

「きみも妙なことを言うね。十年以上も勤めて、いまごろそんな青臭いことを言うなんて、おかしいじゃないか。むしろ、商社マンとして、これから仕事がおもしろくなるんじゃないのかね。で、光陵商事を辞めてどうするというんだ」

「もちろん、どこかほかの会社に勤めようと思いますが、はっきりしてから申し上げます」

「転職先も言えないというわけか。私はきみの保証人でもある。まず相談してくれるのが筋だと思うが」

「その点は申し訳ないと思います」

「私もずいぶんコケにされたもんだな。顔を潰《つぶ》されたくらいは我慢するが、私は、きみからそんなひどい仕打ちを受けるような覚えはないな。いいかね。きみひとりで一人前になったと思ったら大間違いだぞ。会社がきみを育てたんだ。会社はこの十何年の間にきみに相当な投資をした。これから回収させてもらわなければならん。個人的なことは言いたくないが、私はきみに対して誠心誠意尽くしてきたつもりだ。胸に手をあてて考えてもらいたい。きみが嫁さんをもらったときもそうだったな」

「副社長には公私ともにお世話になっています。しかし、仕事の面で、私は会社に借りがあるとは思いません。仕事には、全力で取り組んできたつもりです。なんとか、ご了承いただけませんか」

「できないね」

三浦は腹立たしげに即座に首を振った。

「もしどうしても私の言うことが聞けないということなら、私との親戚《しんせき》づきあいはやめてもらう。もう一度警告しておくが、どこへ行くか知らんけれど中途入社は決して浮かばれることはないぞ。また会社を辞めるようなことになるのが落ちだろう」

険しい顔で三浦は言い、客間のソファから起《た》ち上がったが、

「失礼します」

と挨拶する新井に一瞥《いちべつ》もくれず、そっぽを向いていた。

新井は三浦から仕事のことなどでとやかく言われたことはあまりないが、入社後間もないころ、一度だけ説教されたことがある。

人事部が実施したアンケート形式の意識調査の中で、「将来どんな仕事をやりたいか。そして目指す地位は」という質問に、新井は「すこしでも社会的に役立つ仕事がしたい」とだけ答えた。どうしてそのアンケート用紙が三浦の眼にふれたのかわからなかったが、新井は三浦から「意識が低過ぎるぞ。なんで光陵商事の役員になりたいと答えんのか」と、一喝された。ついでに三浦は、「近ごろの若いもんは小市民的にこぢんまりまとまっちゃってるのが多い」と大いに嘆いてみせたが、なんでも、将来目指す地位で「部長」と答えた者が圧倒的多数を占めていたという。

三浦に意識が低いと叱《しか》られたとき、新井の脳裡《のうり》に本明勝《ほんみょうまさる》の顔が浮かんだ。

新井と本明は、大学のゼミが同じだったが、本明はサンライト電子工業という当時あまり名の知られていなかった総合電子部品メーカーに就職し、仲間うちでちょっと話題になった男だ。

一流、大手といわれる企業を振って、中小企業に毛の生えた程度の会社に就職した本明は、クラスメートの首をかしげさせたものだが、新井に「大企業で社長になるのは容易じゃないが、この程度の会社なら、その可能性は大いにある。いや俺は必ず社長になってみせる」と、眼をあやしくひからせて本音を洩《も》らしたことがあった。かの本明が光陵商事に入社していたら、アンケートになんと答えていたろう。社長になりたいと回答したろうか、とそのとき新井は思ったものだ。

2

退職を申し出たとき、三浦にいろいろ言われた中で、新井の胸にいちばんずしりとこたえたのは、結婚のことだ。新井の結婚に母親の貴子《たかこ》が断固反対する中で、三浦は理解を示してくれたのである。

それは、新井が光陵商事に入社して、五年目の初夏のことである。新井は社員食堂で遅い昼食のカレーライスをかきこんで席へ戻って間もなく、女子社員の訪問を受けた。楚々《そそ》とした小柄の美しい娘だった。こんな良い娘《こ》が光陵商事にもいたのか、と新井は眼をみはる思いだった。

「新井さんでいらっしゃいますか。わたくし、業務部の山口真理子といいます。部長さんがお呼びです」

「わかりました。わざわざ呼びに来てくれたの？　電話でもよかったのに」

新井は思わず声を弾ませ、あわててあたりに眼を遣《や》った。

「さっき、一度お電話したんですが……」

真理子は、にっこりほほえんだ。

「すぐ行きます」

新井は起ち上がり、真理子を従えるかたちで機械部の大部屋を出て、エレベーターを待った。

「山口さんは、業務部長付ですか」

「はい」

「四月に入社したばかりかな」

「はい。よろしくお願いします」

真理子はおかっぱの頭をかしげ、丁寧に会釈《えしゃく》した。

「こちらこそ」

新井を見上げる真理子の顔はまぶしいほど清潔で、真率さにあふれていた。

その年の秋、新井は真理子に対して決定的な気持ちにさせられていた。

昼休みに丸の内の本社ビルの近くの公園をぶらぶら歩いているところを、真理子と出くわしたのである。真理子は、新井と同じ部の女子社員と二人づれで、小林芳枝というその娘《こ》もこの春の入社組だった。三人で会社へ帰る途中なんとなく、丸の内の日活劇場で上映しているチャップリンの『ライムライト』をその週の土曜日に観《み》に行くことに話がまとまった。

リバイバルということもあって、館内はさほど混んでおらず、やや前方の席だったが、三人並んで座ることができた。

チャップリン扮《ふん》する道化師が、脚が萎《な》えて踊れないと訴えるバレリーナの顔に平手打ちをくわせて激励するシーンで、真理子は口にあてたハンカチから嗚咽《おえつ》の声を洩らした。劇的なシーンに胸を熱くしていた新井は、それに誘われるように、スクリーンがぼーっとにじんで見え始めていた。

映画館から出て、喫茶店で向かい合ったとき、真理子は泣き腫《は》らした顔を見られるのがきまりわるいのか、ちょっとうつむきかげんにしていたが、それは名画の感動の余韻にひたっているようにも思えた。

芳枝がけろっとした顔で話しかけてくるのと、まことに対照的だった。

「良い映画だったね。誘ってくれてありがとう」

「そうね。まあまあというところかしら。すこし、わざとらしいようなところもあったけど」

「山口さんは、どうでした」

新井に訊かれて、真理子はやっと面《おもて》をあげ、笑顔を向けてきた。

「心が洗われるような思いがしました。生きることの素晴らしさを教えられたような気がします」

「山口さんはオセンチだから……」

そう言って、くすりと笑った芳枝があざとく見えたほど、新井の気持ちは激しく真理子に傾斜していた。

こうしてはいられない、と新井は思った。ほっといたら、誰かに先を越されて真理子を掠奪《りゃくだつ》されてしまう恐れがある。急いでプロポーズしなければ……、そんな切迫した思いがしたほど、新井は気持ちを揺さぶられていた。

真理子は、いつも笑顔を絶やさず、しかも笑顔の美しさはたとえようがなかった。

新井は、一年がかりで真理子をくどきおとした。そのことを新井から打ちあけられたとき、三浦はほーっという顔をして、「よく恋愛する暇があったな。君にしては上出来だ」と皮肉ともつかず言ったが、そのあと業務部のフロアへぶらりと顔を出し、業務部長と世間話をしながらそれとなく真理子を観察し、そして女子の新入社員担当の人事係長から、真理子について取材をした。

三浦なりに気を遣ったわけだが、その日の夕刻、新井を自室へ呼んだ三浦の表情は硬かった。三浦は、人事係長が届けてくれたメモと真理子の身上書を見ながら言った。

「鎌倉高校を出て、一年ＹＷＣＡの秘書科へ通っているんだね。字もきれいだし、入社試験の成績もトップクラスだったらしい。たしかに良い娘《こ》には違いないが、父親が病死して母ひとり娘《こ》ひとりというのはどんなものかね。母親は中学の教師だそうだから、しっかりしてるんだろうが。採用のとき反対論もあったそうだが、女の子のことだし、明るくて、頭も良さそうだということで、思い切って採ることにしたそうだ。君の両親がなんと言うかね。とくに母上が難物だよ。なんせ、やんごとない生まれのお姫《ひい》さまだから……」

「母の反対で諦《あきら》めるくらいなら、初めから彼女と結婚するなんて考えませんよ」

新井は、決意のほどを披瀝《ひれき》し、

「とにかく常務が賛成してくだされば、それで結構です」

と、笑顔で答えた。

「いやに勇ましいんだね。しかし、ことはそう簡単ではないと思うよ」

三浦は表情をひきしめたが、果たして新井は母の貴子から猛反対を受けたのである。

二人の兄がいずれも見合い結婚で、その相手が元大物大使や現役の大銀行の頭取の令嬢だったのにひきかえ、氏素性の知れない片親の娘なんて、あまりといえばあまりではないか、絶対に認めるわけにはゆかない、と貴子は言い放った。あげくの果てに、翌日、新井が出勤したあとに、思い立ったように柿《かき》の木《き》坂の自宅から光陵商事へハイヤーで乗りつけ、会議中の三浦を強引に呼び出して、眼をつりあげて詰め寄るありさまだった。

「あなたの監督不行き届きざぁますよ。自分で勝手に結婚の相手を決めてしまうなんて、不良のやることじゃありませんか」

「だいたい私とはなんの関係もないことでしょう」

むっとしたように三浦が答えた。

「まあ、なんてひどいことを……」

気絶でもしかねないように貴子は、顔の裏側から発するような声で言って、絶句した。

「お義姉《ねえ》さんはご不満かもしれませんが、なかなかしっかりした娘さんですよ。学校の成績もわが社の入社試験もトップです。仕事もよくできるので、上司の部長から、結婚してからも共稼ぎで頑張ってほしいなんて言われているくらいです。立派な娘さんですから、いろいろ縁談も多いようで、治夫君もくどくのに苦労したんじゃありませんか」

「あなた、共稼ぎなんてとんでもありません。とにかく、絶対に困ります」

三浦は昔からこの女が苦手だったが、時代錯誤というのか、世間知らずというか、話が嚙《か》み合わず閉口した。だいたい俺の知ったことか、そんなに言うんなら息子を荒縄で縛りつけておいたらどうだ、とどなりつけてやりたいくらいのものだ——。三浦は内心腹をたてていた。

「あなたからもよく言ってきかせてくださいませ。私の言うことは聞かなくても、会社の重役さんのいいつけなら、あの子もわかるでしょう」

「さあ、弱りましたね。お役にたてるかどうか」

三浦が時計を気にしだしたのをしおに、貴子はさすがに、「ごめんあそばせ」と挨拶して、いったん光陵商事の本社ビルを出たが、肝心なことを忘れていたことに気づいて、引き返し、受付で業務部の山口真理子さんを呼んでほしいと頼んだ。

貴子は、常軌を逸している自分の行動に気づいていなかった。新井が見合い写真に見向きもしなかった分だけ、その怒りが真理子に向けられた。場所がらもわきまえず、しかも出しぬけに家柄がどうの、学歴がどうのとさんざんまくしたてられたうえ、

「治夫は私がいくら口をすっぱくしていってもわからないので、あなたのほうから断

ってくださいな」と言われて、真理子は動転した。

真理子は、青ざめた顔で立ちつくしているだけだった。

新井はその日、三浦から話を聞いて顔から火の出るような思いだった。わが母親ながら愛想が尽きた。父親の浩之が大使をしていたじぶん、公邸などで頻繁に行なわれるパーティで、新井は貴子の底意地の悪さをいやというほどみせつけられ、やりきれない思いをさせられたことが幾度となくあった。気位ばかり高く、大使館の参事官や一等書記官の夫人が自分より美人だったりしようものなら、露骨に意地悪をし、「あなた、そのお着物、昨日もお召しになっていたわね。それしかないわけでもございませんでしょう」などと、つまらない厭味《いやみ》を言ったりするような女だった。

3

会社の新井宛《あて》に、真理子から婚約を解消したい旨《むね》の手紙が届いたのは、その一週間後であった。新井はすぐに業務部へ飛んで行ったが、真理子は風邪で休んでいるということだった。新井は、仕事が輻輳《ふくそう》していたが無理に横浜に用事をつくって、その帰りに逗子《ずし》の真理子の家に駆けつけた。

新井が真理子の母の和枝《かずえ》に逢《あ》うのはこれで三度目だが、ふっくらとしたやさしい感じの女だった。

「とにかく、真理子さんに逢わせていただけませんか」

「いっとき苦しむでしょうが、いまはそっとしておいてやってください。真理子もずいぶん悩んだようですが、私はあの娘《こ》が賢明な選択をしたと思っています」

気負い込む新井を制するように、和枝は静かに言った。

「しかし、それではあんまり一方的ではありませんか」

「お母さまからなにか聞いていませんか」

「母が真理子さんとの結婚に反対なのは承知してますが、なにか」

そう言いさして、新井はハッとした。あの日、貴子が真理子に面会を強要したのではないかといまごろになって思いをめぐらせたのである。新井は三浦の話をふまえて貴子の非を鳴らし、父の浩之にも「どんなことがあっても真理子と結婚する」と宣言したが、貴子がそこまでやるとは考えていなかった。

「お母さまの立場もおありでしょうから、ほんとうは申し上げないほうがよろしいと思いますが、会社へお見えになって、あなたとの結婚を真理子から断るように、というお話だったそうです」

新井は息を呑《の》んだ。言葉が出てこず、怒りと恥ずかしさで胸がふるえた。

「お母さまがおっしゃるとおり、あなたのお家と私どものところでは身分が違い過ぎます。私があなたの母親でしたら、やっぱり、この結婚に反対したかもしれません」

「待ってください。母が真理子さんに何を言ったか知りませんが、僕は問題にしてません。自分の気持ちを偽ったり、無理に変えたりする必要はないと思います」

「でも、真理子の気持ちも考えてくださらないと。あなたのお母さまに嫌われたら、それは不幸なことですからね」

「………」

「私は真理子から話を聞いたとき、可哀相《かわいそう》とは思いましたが、自分で決めなさいと突き放しました。その結果、真理子はあなたとの結婚を諦めたのです。その気持ちを尊重するほかないと思っています」

「母の反対は予想されてたことです。ですから真理子さんにも申し上げました。どんな障害があっても大切なのは二人の気持ちであり、二人の気持ちがかよい合っていれば、それは乗り越えられると……。真理子さんはわかってくれたはずです。だいたい、男女の関係は当事者能力で解決するしかないと思います。人に相談したり、人に何か言われたから諦めるといった筋合いのものではないはずです。母とは人生観が違いますから、母を納得させることはできないでしょうが、それはそれとして割り切れると僕は思っています」

新井は、奥の部屋で息をひそめてじっと臥《ふ》せっている真理子を意識したわけではなかったが、熱っぽく声高に、懸命に話しつづけた。

「真理子さんは、入社試験の面接で、最も尊敬する人物について訊《き》かれたとき母親と答えたそうです。それを後で真理子さん自身からも聞かされましたが、僕は羨《うらや》ましいと思うと同時に、そういう真理子さんを好きになった僕自身を誇りたい気もしました」

「まあ、あの娘《こ》ったら……」

和枝は声をつまらせた。

新井は話しながら、高校時代の教師の言葉を思い出していた。

その教師は、「嫁をもらうときは、相手の母親をじっくり観察しろ。男の子と違って、娘は母親の影響を強く受けるものだ。まず母イコール娘と考えていい。惚《ほ》れた弱みで気のつかない欠点が、母親を見ることによって教えられることが多い。一生連れ添う伴侶《はんりょ》なのだから、そのくらい慎重に選べということだ。そうはいっても無理な注文だろうがね」と、同窓会の席で冗談まじりに言って、みんなを笑わせたのである。

新井は、この話をいまここで持ち出したい気持ちにかられたが、なにか不自然な気がして思いとどまった。

「僕は母にも父にも、結婚の相手は自分でさがし、自分で決めると言って、見合いの話を断りつづけてきました。だからこそ、真理子さんとめぐり逢えたわけです。結婚相手を母に押しつけられるいわれは全くないはずです。僕自身が真理子さんに嫌われたんなら諦めもしますが、母が障害になっているということでは断じて引き下がるわけにはいきません」

「あなたは勁《つよ》いのね……」

「そうでしょうか。ごく当たり前のことをしているだけだと思いますが……。もし、僕がここで挫《くじ》けてしまったら、人間としておかしいと思うのです。駄目な男、駄目な人間になってしまいます。真理子さんに対する気持ちがいいかげんだったということにならないでしょうか」

このことは、真理子に置き換えても言えることではないのか、と新井は思った。

「真理子を呼びましょう。二人で話してみてください」

ひそやかな母娘の話し声がかすかに聞こえ、十分ほどして、真理子が和枝のものらしい地味な羽織を羽織ってあらわれた。心なしかやつれて見え、新井は胸を衝《つ》かれた。

「いらっしゃいませ」

「こんばんは」

新井は真理子の挨拶《あいさつ》を受けてきちんと膝《ひざ》をそろえて座り直し、手をついて貴子の非礼を詫《わ》びた。

「真理ちゃん、ごめんなさい。母が失礼なことを言ったようですが、許してください」

和枝には、新井の潔《いさぎよ》さが一層好ましく、できれば娘を新井のほうへ押しやってやりたいとさえ思った。娘を託すに足る男だという気持ちになっていた。

「新井さん、私はちょっとそこまで用足しに出かけてきますが、よろしくお願いします」

和枝が気をきかせて外出した。

新井はにじり寄って、真理子の手をとり、感情をこめて強く握った。

「たのむから、僕を信じて従《つ》いてきてほしい」

「でも、私はあなたみたいに勁くはありません。こわいんです」

「なにを恐れる必要があるんだ」

二人は唇をふれあわせ、抱擁した。真理子は新井の胸の中で、むせび泣いた。

新井は一気にことを運び、まず社宅を確保して、柿の木坂の両親と別居し、翌年の春には真理子と結婚した。貴子は、三浦のとりなしで結婚式に出席したが、終始不機嫌そうに顔をひきつらせていた。

新井は真理子の希望を容《い》れて、逗子の家で和枝と同居するつもりだったが、和枝がそれを拒んだ。

「私はこのとおり元気ですから、当分、独りでのんびりやらせてもらいますよ」

新井は、新井家に対する配慮を含めて和枝の心遣いが痛いほどよくわかったが、それに甘えてさしあたりは別々に暮らすことで同意した。

第二章　系列化工作

1

新井は結婚する以前から難しい仕事に取り組んでいた。

光陵系列には属していないが、中央化学というある中堅の化学企業が汎用性《はんようせい》の石油化学系プラスチックの製造法《プロセス》を開発したという情報を、プラスチックの加工メーカーを通じて新井がキャッチしたのが発端である。中央化学は、試験設備《テスト・プラント》による合成樹脂の試作品を密《ひそ》かに加工メーカーに持ち込んで、成型加工機にかけてみたところ、在来品と比べて遜色《そんしょく》のない性能を備えていることが判明し、工業化への自信を深めたという。

新井は、横浜の加工メーカーからこの話を聞いたとき、その価値を判断できるほどの立場になかったこともあって、さして関心を示さなかったが、業務部に一応は連絡しておいた。ところが、思いがけずにその話はエスカレートし、大きく発展していったのである。

国産されている汎用性の石油化学系プラスチックのすべてが海外からの技術導入によるということや、外資法に基づく技術導入の許認可によって通産省が新増設計画をコントロールしていることなどの知識があれば、新井にも中央化学の製法開発がいかに快挙であるかの判断はついたはずだ。つまり、中央化学は通産省の許認可の枠外で、汎用性の合成樹脂を企業化できることになり、まだ当時はプラスチック産業が高度成長産業の花形であっただけに、この開発で、飛躍的に企業規模を拡大し、膨大な利益を産み出すことも可能となったわけである。

光陵商事の関係者は色めきたった。いち早く合成樹脂部が中央化学にアプローチし、反対給付を示して、強力に提携工作を開始した。中央化学は、工場立地、原料手当て、資金調達、そして製品販売の面でも光陵商事のバックアップが得られることは得策と判断し、業務提携契約に調印することになるが、なんといっても光陵商事のアプローチの速さが決め手になったとみてよい。

五井物産が光陵商事を凌《しの》ぐ好条件で巻き返しを図ったが、中央化学の態度を変えることはできなかった。

光陵商事では、光陵グループ内の総合石油化学会社がその合成樹脂をコンビナート内で企業化しておらず、競合関係にないことや、原料の供給能力に余裕のあることなどを計算したうえで渡りをつけ、工場用地と原料を確保し、さらに総代理店《ソール・エージェント》としてその合成樹脂の流通網の整備をまかされたが、オルガナイザーとして工場の建設から製品まで深くかかわることによって得られる光陵商事の利益は少なくなかった。まず、中央化学の工場建設に際して、国産、輸入を問わず機械、機器などの購買、建設業者、エンジニアリング業者の斡旋《あっせん》などで、コミッション・マーチャントとしての機能をフルに活用し、工場が完成し製品化されれば、この販売でも何パーセントかの口銭が得られる。さらに、工場と工場がパイプラインで結びついているにもかかわらず、帳簿上は原料の売買が光陵商事を通して行なわれる仕組みになる。いわゆる商社の営業努力を要しない〝眠り口銭〟の典型例だが、工場の立地から建設、製品の企業化までの眼に見えない商社の企業努力なり、ソフト面のノウハウを評価して、しばしばとられる措置である。

パイプラインの原料にまで光陵商事がタッチすることに当初、中央化学は反対したが、口銭をゼロにして名目だけでもいいから了承してほしい、と説得して従わせた。商社は、同業者間の売上高競争でしのぎを削っているが、「五井物産には負けたくないので協力してほしい」と頼まれて、ノーと言えず、結局、これに従うことになったのである。しかも、中央化学は〇・五パーセントのコミッションも認めることになってしまった。

新井は、新しいタイプのプラスチックの流通網の整備のために編成されたプロジェクト・チームの一員として参加していた。

そのプロジェクト・チームは、光陵商事のイニシアルのKと中央化学のCをとって「KCプロジェクト」と称し、経営戦略、企画の立案など参謀本部的機能をもつ業務部を中心に、合成樹脂部、機械部などからもメンバーを選りすぐって編成されていた。

「ええか、新婚やからって甘えたらあかんで。ええところのぼんいうて、のほほんとしてたら商社マン落第や。組織の光陵などとお高くとまっていたら、商売にならへん。多少の個人プレーは大目にみてやるさかい、あんじょうやってや」

大阪支社から転勤してきて間もない業務部の課長の広瀬にはっぱをかけられたが、新井は新婚ムードにひたっている間もなく仕事に忙殺されていた。

新井は、機械の販売を通じてプラスチック加工会社に食い込んでいたが、とくに横浜の中堅加工メーカーの浅岡化工の社長、浅岡修造とは、歳《とし》こそ違え友達づきあいをするほど親しくなっていた。浅岡化工は、プラスチック製の瓶やチューブをつくる加工技術を開発するなど特色のある加工メーカーで、どの系列にも属さず独自の路線を歩んでいた。

電話商売といわれるくらい、商社マンは電話にかじりついていることが多い。電話でモノを動かし、電話連絡によってモノを売買する。

とくに総合商社は一次店、二次店、三次店と、傘下《さんか》に代理店を多数抱えている関係で、直接、最終ユーザーと接触する機会は多いとはいえないが、新井は努めてユーザーに足を運び、膝《ひざ》を交えて話をするほうだった。

浅岡修造は、昔かたぎの古いタイプの経営者だったから、新井との初顔合わせのとき、「光陵商事の人と電話で話したことはあるが、顔を見たのは君が初めてだ」と、大いに歓迎してくれたのである。しかも、ここだけの話にしてくれ、と言って中央化学の情報を耳うちしてくれたのも浅岡だった。

新井はいつしか、浅岡の相談相手にされ、会社経営のことなどでもアドバイスする立場になっていた。

浅岡化工は従業員約百名で、四〜五人から十名程度の零細企業の多いプラスチック加工メーカーの中では比較的規模の大きいほうだった。

光陵商事が、浅岡化工の業績、信用状態などを調査した結果、一応、及第点をつけられる経営状態であることが判明した。光陵商事は浅岡化工の樹脂《レジン》の消化能力の高さをなによりも評価して、リストのAクラスにランクし、系列化の対象としてマークすることになるが、新井は、浅岡化工の社長の浅岡修造とは食事を奢《おご》ったり奢られたりする仲になっていたし、ときには桜木町駅の近くの飲み屋で一杯やることもあり、個人的に親しくなっていたので、光陵商事の意図を率直に話して協力を求めた。

浅岡は四十七、八歳で、気のおけない男だった。酔うと必ず軍歌を高吟する。がらがらした声で調子外れもいいところだが、当人はまんざら聞けないこともないと思っているところがご愛敬《あいきょう》だった。

「中央化学の件はありがとうございました。お陰さまで当社と提携することになり、いまレジンの販売、加工の系列化をすすめているところです」

「ほう、そりゃよかった。私の情報も少しは足しになったわけだね。それできみの点数が上がるんなら結構なことだ。それにしてもさすが光陵商事だけのことはあって、やることが速いな」

浅岡は素直に喜んでくれ、しかも二つ返事で新井の申し出を受けてくれたのである。

そして、その晩、行きつけの飲み屋で前祝いということになったが、新井も話がこうとんとん拍子にすすむとは思わなかった。もっとも、浅岡は新井に反対給付を求めてきたが、それは驚くほどささやかなものであった。ひとり息子の一郎の英語の家庭教師を頼めないか、と浅岡は申し訳なさそうに恐る恐る切り出したのである。

「お安いご用ですよ。ウィークデーはお互い忙しいでしょうから、土曜日の午後みてあげましょう」

新井は快諾した。

「ありがとう。一郎に来年早稲田大学を受けさせようかと思ってるんだが、マン・ツー・マンで、しかも東大出の新井さんに教えてもらえればもう大丈夫だ」

浅岡は、下ぶくれの顔を一層福々しくほころばせ、まるでひとり息子が早大の入試に合格したも同然といわんばかりの喜びようで、ビールの乾杯を新井に強要した。

2

新井から、浅岡化工の件で報告を聞いたプロジェクト・チームの広瀬は、

「そら、結構やけど、気持ちの変わらんうちに覚書にサインをさせなあかん」

と、早速合成樹脂の販売契約に関する基本覚書を業務部に作成させた。

それは、浅岡化工（甲）は中央化学が製造する合成樹脂を光陵商事（乙）を通じて購入する、といったごく大雑把なもので、数量も価格も明記されておらず、詳細事項

は甲乙別途協議して決める——となっていた。法的な拘束はともかく、浅岡化工は光陵商事に精神的な枷《かせ》を嵌《は》められたかたちで、

「まだ中央化学が生産を始めないうちから、えらい大仰なことをするんだね」

と、浅岡も鼻白んだ顔で、タイプ刷りの和紙の覚書に捺印《なついん》したものだ。

「私は赤提灯《あかちょうちん》がいいところだ」と言って尻込《しりご》みする浅岡を赤坂の料亭に接待したのは、覚書を交わした直後で、光陵商事から広瀬と新井、それに合成樹脂部の畑中の三人が出席した。畑中は、中央化学関係の窓口で、プロジェクト・チームとの接点にあって、両者の調整役をつとめていた。新井と同期で、如才ない男だった。

広瀬と名刺を交換したとき、浅岡は、新井をもち上げた。

「新井さんにはいつもお世話になっています。お陰さまで光陵商事さんとお近づきになれて、喜んでいるんですよ。新井さんとはえらく気が合いまして、友達づきあいをさせてもらい、いろいろ教えていただいています」

「新井は光陵商事のエースです。当社が浅岡さんとの関係にいかに心をくだいているかおわかりいただけるでしょう。これからも、大いに新井を引きまわしてやってください」

広瀬も、縁なし眼鏡の奥のひかりのある眼をなごませて関西訛《なま》りの標準語で調子よ

く受けた。

「どうでしょう。まじめな話、光陵商事としては浅岡さんをできる限り応援したいと思っとるのですが、中央化学の工場が完成するまでにおたくでも加工設備を拡張する必要がおありなら、いくらでも資金的なテコ入れをさせてもらいますよ。もちろん、債務保証もさせてもらいます。このことはトップも含めて合意《コンセンサス》が得られていることですから、なんなりと申しつけてください」

「ほう、社長さんまで……」

広瀬がトップという言葉をそこまで計算したうえで持ち出したかどうか新井には測りかねたが、浅岡は感に堪えないような声を発した。浅岡化工を中央化学の加工系列に組み込むといった程度の話がトップの耳にまで届くはずはなく、せいぜい担当役員くらいのところまでだが、広瀬はその心理的効果を確認するように、畑中に眼配せした。

「天下の光陵商事さんに見込まれたとあっては、私も張り切らざるを得ません。ありがたいことです」

「なあに、持ちつ持たれつですよ。お互いに大いに儲《もう》けようやないの」

広瀬はくだけた口調で言った。

「あつかましいお願いですが、光陵商事さんに、うちの株を持っていただくわけにはいきませんかね」

浅岡が真向かいの新井から、隣の広瀬に視線を移した。

「といいますと……」

広瀬は怪訝《けげん》な顔で訊《き》き返した。

「光陵商事さんが出資してくだされば銀行の信用がつきます。われわれ中小企業は金融力のないことが最大の悩みです」

「なるほど」

広瀬が深くうなずくと、畑中が広瀬と浅岡の顔をこもごも見遣《みや》りながら口を入れた。

「課長、けっこうじゃないですか。そのほうが光陵商事としても親身になってお世話する気になれるんじゃないですか」

「うん。しかしな、資本提携ということになると、審査部とも相談せんとな。ま、この件は継続審議ということにして、後日、具体的に詰めることにしましょう」

広瀬が勿体《もったい》をつけて言ったが、浅岡は一杯の清酒の酔いが躰《からだ》全体にゆきわたったかのように首すじまで赤く染めて、うたうように言った。

「光陵商事さんにバックアップしてもらえれば、浅岡化工は安泰です。永久に仕事はくるでしょうし、絶対に潰《つぶ》れることもないでしょう」

畑中の眼に、どこか垢《あか》ぬけしない中小企業の社長を小馬鹿《こばか》にしたような色がただよった。

「光陵商事はそんなケチな考えで、おたくと一緒に仕事をするわけではありませんよ。中央化学の仕事に力を貸すのは、それが日本経済の発展のために役立つと考えるからです。われわれは、いってみれば民僚です」

「みんりょう、といいますと……」

浅岡がまばたきした。

「つまり官僚に対する民僚です。世のため人のため、国家社会のために使命感があるからこそ、脇目《わきめ》もふらず汗水たらして働いてるわけですよ。われわれ民僚は官僚なんかよりよっぽど実際的で、存在意義《レーゾンデートル》も高いと思いますね。官僚に比べて、はるかに柔軟《フレキシブル》で創造的《クリエイティブ》ですよ。政府や役人が何をやってくれますか。彼らは結果を追認するだけでしょう。敗戦によって瓦解《がかい》した日本経済を建て直し、貿易立国の国是にのっとって世界の経済大国に押し上げたのは、われわれ商社じゃないですか。はっきりいって、光陵商事、五井物産の二大商社と、三位以下のぽっと出の連中とでは行動様式も異なるし、考え方にも格差があると思います。彼らがどこまで問題意識をもっているか疑問だし、エコノミック・アニマルよろしく儲けることだけに汲々《きゅうきゅう》として顰蹙《ひんしゅく》を買ってるのも多いが、すくなくとも一流商社のわれわれは、真摯《しんし》な態度、大局的な観点から、常に国家社会のことを考えているつもりです。世間ではミソもクソも一緒にして商社といいますけど、一流商社は光陵と五井だけですよ」

畑中の長広舌を、すっかりけむに巻かれたように、ぽかんとした顔で聞いていた浅岡が、われに返ったように盃《さかずき》を乾《ほ》した。

「国家社会のためは結構やが、企業やから儲けないかん」

広瀬は、大いに儲けましょう、と話した手前もあってか、皮肉まじりに言って、新井に水を向けてきた。

「なにか意見はないか」

「いや、ご立派なものです」

新井は考えをまとめるように酒を口に含んだ。

「たしかに官僚は一定の枠にしばられてますから、行動にも制約がありますし、独創的なアイディアがあっても、それをただちに実行に移すこともできませんが、日本の産業界は行政指導という言葉に示されているとおり、なにかといえば官僚に頼ろうとする。彼らの役割は少なくないと思いますし、そこのところは評価してかかるべきじゃないでしょうか。もちろん、商社の存在を抜きにして日本の経済を語ることはできないかもしれませんが、民僚という言い方は、すこし思いあがっているような気もしますね。ですから、日本を世界の経済大国に押し上げようとしているのは商社だという言い方も反発を買う恐れがあります。商社もその一翼を担《にな》っていると言うべきだと僕は思います。僕は日本人の勤勉さと能力の優秀さを、まずあげたいですね。大企業、中小企業を問わず、またどの産業分野においても性能の高い優れた製品を産み出してきました。いくら商社が頑張っても、良い商品でなければ外国が買ってくれません」

「そんなこと当たり前のこんこんちきだよ。いわずもがなのことじゃないか」

水を差されたとでも思ったのか、畑中が下唇を突き出した。

新井はかまわずつづけた。

「これは皮肉な見方になりますが、商社ほどもたれ合いのない業界も少ないですね。業界協調などということは、くすりにしたくてもない。つまり、カルテル的な体質にはまったくないわけで、言い換えれば、競争原理が一〇〇パーセント働いているということです。僕は光陵商事に入社してわずか数年に過ぎませんが、内も外も競争の激しいところだとつくづく思います。メーカーの代理戦争をやっているという意見もあるでしょうが、商社の間の過当競争なり、産業間の過当競争が日本経済を押し上げているような気がしないでもありません。ノルマ制度とか、いろいろあるんでしょうが、やってることに光陵、五井と、三位以下と、そう差があるようにも思えませんが……」

「きょうはそのへんまでにしといてや」

広瀬は、畑中がなにか言おうと躰を乗り出したのを見てとって、素早く先まわりし、徳利をとって酌をした。

畑中は口を封じられたかたちで、盃を持ち上げた。

「さすがに、一流商社は違いますねぇ。秀才ばっかりなんでしょうね」

浅岡がうなるように言うと、それをひきとって広瀬は、冗談半分に返した。

「この程度の者は掃いて捨てるほどおますぜ。新井は東大で、畑中は一橋だが、東大出だけで毎年十人、二十人とるんやさかい」

広瀬が掌《て》を叩《たた》いて仲居を呼び、座が急にはなやいだ。

広瀬と浅岡は同年輩ということもあって、意気投合したのか、二次会でくり出した銀座のクラブでも、肩を組んで軍歌を唄《うた》っていた。

「ここは、大山常務のコレが経営してる店だよ」

畑中が躰を寄せ、テーブルの下で小指をたてて、新井に話しかけてきた。

「当社にもそんな豪傑がいるのかね」

「内緒だぜ。広瀬さんは大山常務の子分の一人だから承知しているに決まってるが、けっこう義理がたくて、口外してないはずだ。彼を大阪から東京へ呼んだのは大山さんだからな。大山さんはここのママさんとはずいぶん永いつきあいで、事実上の夫婦みたいなものらしい」

「へえー、じゃ近く結婚するのかな」

「君は莫迦《ばか》なことを言うね。日本は一夫一婦制だよ」

「もちろん、離婚することが前提だよ」

「奥さんのほうはその気らしいが、ご本人が頑張ってるんだ」

「話があべこべだね。そんなことがあるんだろうか。不思議な話だなあ」

「不思議でもなんでもない。そこが光陵の厭《いや》らしいところだよ。大山常務が役員になれたのも離婚せずに頑張ってたたまものじゃないか。出世したかったからこそ、じっと辛抱したんだろうぜ。この話は、三浦常務も知らんはずだから、しゃべっちゃいかんよ」

畑中がそう念を押したとき、向かい側で歌の区切りがついた広瀬がわめくように言った。

「おまえら、なにをこそこそやってるんや」

「仕事の話ですよ」

畑中が水割りのグラスをかかげて、しれっと返した。

「光陵マンは、野暮が多くてかなわんな。また、国家社会のためか……」

広瀬は厭味たっぷりに言って、カドのめくれあがった部厚い歌謡曲集をぱらぱらやりはじめた。

「光陵では昔から歌舞音曲に強いのは出世しないことになっている。もっとも、この程度ではどうってことはないけどね」

畑中が広瀬のほうを顎《あご》でしゃくって、新井に囁《ささや》いた。

ひとしきり唄っておひらきとなり、浅岡と広瀬をハイヤーに乗せて、見送ったあと、新井は畑中に強引に、東銀座のクラブに連れて行かれた。

「新婚ほやほやで一刻も早く家に帰りたい気持ちはわかるが、甘やかしたらいかん。いまが大事なときだぜ」

「毎日毎日ごぜんさまで、ワイフはびっくりしてるよ」

新井は、おしぼりで手を拭《ふ》きながら、うんざりしたように投げやりに答えた。

「その意気その意気。女房なんてのは下宿の小母《おば》さんだと思ってれば間違いない。下宿代、つまり月給さえ運んでやってればいいんだ」

畑中は卒業と同時に結婚したはずだが、それにしても三十前の若造がずいぶんひねたことを言うものだ、と新井は苦笑した。どうせ、先輩社員の受け売りだろうが……。

「ところで、どうだい、外泊する勇気はないか。よかったら、いい女《こ》を紹介するぜ。ここは俺の巣で、めったなやつは連れてこないことにしてるが、きみは特別だ」

「そんな元気はないよ」

「ちぇっ、話のわからんやつだ」

畑中は舌打ちした。

「いいか、商社マンは気取ってたらいかん。きれいごとばかりじゃないぞ。だいたい、女なんて乗り物と思って間違いない。タクシーとなんら変わらんのだ」

だいぶ話が違うなと、新井は思った。先刻の次元の高い話は、どこの誰がしたんだっけ。あれはタテマエで、これがホンネというわけかい、と訊きたいくらいだったが、酒のうえでもあり黙っていた。

「畑中ちゃん。ほんとに来てくれたのね。今日は遅いからもう諦《あきら》めてたのよ。電話してよかったわ」

大柄の女が、新井に流し眼をくれながら畑中の隣に座った。

「ミヨちゃんのためなら、えんやこらだ。毎日だってくるぜ」

畑中はやに下がって、たっぷり脂肪のついた女の腰に手をまわした。

ついさっきまで、くずれたところをみせなかった畑中がまるで軟体動物のように躰をくねらせて、でれついている。

新井は、トイレで用を足しそのまま外へ出た。畑中には悪いと思ったが、もう十一時に近く、これ以上酒を飲む気にはなれなかった。

高級クラブに一人で出入りする畑中が交際費をどう捻出《ねんしゅつ》しているのか、新井は知る由《よし》もなかったが、厭なものを見てしまったという思いがしないでもなかった。

商社マンには、金銭的な誘惑が多い。商社によって道徳《モラル》の基準は異なるが、大手といわれる商社の中にも、会社に迷惑をかけず個人の才覚でサヤを稼ぐ分には大目にみるといった考え方をとっているところがないでもない。会社に十儲けさせれば、個人が三儲けても一向にかまわない。あとは良心の問題で、その線の引き方を考えればよい、といって憚《はばか》らない幹部もいるというが、ある課が交際費を捻出するために総ぐるみで業者からリベートを取っていたケースもあるほどで、大学を出て二、三年もすれば赤坂や新橋の一流料亭に出入りできるようになる体質は、通常の製造業者では考えられないことであろう。

最近は、個人の力量よりも組織力、チーム・プレーで行動するように変わってきているが、かつてはコミッションにリベートを上乗せするぐらいは朝めしまえで、なかには、船や通関関係の業者と結託して、莫大《ばくだい》なサヤを稼いでいた者もいるという。

戦後十年ぐらいの間は、船会社といえば日本郵船ぐらいのもので、個人がタンカーや貨物船を所有していることが多く、甲仲《こうなか》、乙仲《おつなか》と呼ばれる業者が幅をきかせていた。甲仲とは船腹をとりしきっているスペース・ブローカーのことで、腕のいい甲仲は世界中の船腹の市況に通じ、二年先、三年先の○○丸や××号のハッチをおさえ、それを輸出入業者に斡旋《あっせん》するわけだが、航海日数や滞船料《デマレージ》の操作でサヤを浮かすことなどは日常茶飯事のことであった。

たとえば、○○丸の航海日数を実際より二日多くかけただけで厖大《ぼうだい》な滞船料をピンハネできるわけで、これを商社マンと組んで、山分けする。一方、乙仲はカスタム・ブローカーと呼ばれる通関業者のことで、通関手続きや倉庫からはしけを通じて本船までの貨物の積み込み、積みおろしなどを扱うが、倉庫料や陸揚げなどの手数料を操作することが可能であった。

現在は、甲仲は存在せず、船会社と商社が直接契約するシステムに変わったが、それでも船会社にリベートを請求する商社マンがいたとしても不思議ではない。

また、東南アジアなどの発展途上国の勤務を解かれて帰国した商社マンが、豪邸を新築したといった話もあるが、賄賂《わいろ》行政が半ば公然と行なわれているお国がらだけに、当該国の政治家なり現地資本なりと接触して、利権のためには手を汚すことも必要悪と見做《みな》されていた。そうしなければ、みすみす、とんびに油揚げをさらわれるような恰好《かっこう》で、他国に仕事を横取りされてしまう。ヨーロッパの某国は政府と業者が総がかりで、公然とリベートを発注国に出しているという噂《うわさ》もあるが、日本の商品や技術を売り込む場合、あるいは資本進出して現地政府なり現地資本と共同でプロジェクトを進める場合に、許認可の関係で、現地駐在の商社マンが相手国の政府高官に接触することはやむを得ないことであった。東南アジアの某国の政府高官が成功報酬として百万円のリベートを要求してきたときに、二百万円に水増しして本社に請求することは十分可能である。

通常、そうしたブラックマネーは領収証はとれないので、チェックしようがないともいえる。商社では秘密情報には暗号が用いられ、暗号は日、月、相手国などによって変えて用いられるという。後年、ロッキード事件で丸紅が使っていた〝ピーナッツ〟なる奇怪な言葉がジャーナリズムをにぎわせたが、商社マンなら、それほどの違和感はなかったはずで、むしろ、「やってるな」といった程度の受け止め方ではなかったろうか。二百万円の成功報酬を情報源の某国高官に贈るに際して、〝リンゴ二十個〟といった言い方がとられていたからだ。

3

光陵商事と浅岡化工の関係は深まっていった。浅岡化工の発行済み株式六十万株、三千万円の三〇パーセントに当たる十八万株を光陵商事が取得し、つなぎ融資から始まって、債務を保証するまでになっていた。そして、設備の拡張に伴う資金調達の一部が増資によって行なわれることになり、浅岡修造に増資の払い込み能力がないため、変態増資で光陵商事が増資分の二千万円を全額払い込んだ結果、株式の過半数を光陵商事が保有することになった。光陵商事にとって末端のプラスチック機械の一ユーザーに過ぎなかった浅岡化工が、販売契約の覚書を交わしてから一年後には、光陵商事の子会社に変貌《へんぼう》していたのである。

浅岡修造が新井を、そして光陵商事を信頼し切っていたことにもよるが、実際にこの業務を企図し、推進したのは広瀬と畑中だった。とくに畑中は、合成樹脂部が浅岡化工の株式を保管する関係で、新井とともに浅岡化工を担当するようになり、辣腕《らつわん》をふるった。

畑中は、新井への対抗意識も手伝ってか、精力的に動いた。浅岡化工が消費する合成樹脂量の七割方は光陵商事が扱うことになり、また、加工製品の販売も八割近く光陵商事を通して行なわれる仕組みをつくり上げ、光陵商事と浅岡化工を結びつけるきっかけをつくった新井の功績などはかすんでしまったほどである。

商社マンの考課は厳しく、事業部門の商社マンはモノをどれだけ売り上げたか、会社にいくらの利益をもたらしたか定量的にはっきり出てしまうため、同僚間の競争も激しい。うかうかしていると同僚に足を掬《すく》われかねないが、ポイントを上げた者ほど昇進も早く、出世競争の勝者にもなり得る。

管理部門に携わる商社マンもその例外ではない。企画の立案、組織の強化などにいかにクリエイティブであるかが問われる。

景気の後退と、過剰投資による金利負担、償却負担などが加わって、浅岡化工の経営は厳しくなっていた。浅岡化工の再建問題が光陵商事の合成樹脂部でひそかに検討され、減・増資と人員の縮小、浅岡修造の退陣と、それに伴う光陵商事からの後任社長の派遣を条件に運転資金の融資に応じるプランが畑中を中心に立案された。

その浅岡化工再建計画について、業務部、審査部なども含めて意見調整が行なわれた結果、ほぼ原案どおり承認された。

「浅岡との折衝は新井にやってもらいましょう。息子の家庭教師をやったりして個人的にも親しい関係にある新井ならカドがたたなくていいと思います」

畑中が広瀬に進言し、それを受けて広瀬は新井を業務部の小会議室に呼びつけた。

新井は、広瀬から浅岡化工の再建計画を示されたとき、不快の表情をあらわにして言った。

「すこし性急過ぎませんか。それにKCプロジェクト・チームが組織として存在してるんですから一応諮《はか》るのが筋だと思いますが。まして僕は浅岡化工と光陵商事の接点にいるわけです。局外におかれるいわれはないと思いますが」

「それもそうや」

広瀬は案外あっさり、新井の意見を容《い》れて、その場でプロジェクト・チームのメンバーを招集した。集まった顔ぶれは、チームの半数に満たない六人に過ぎなかった。広瀬、畑中、新井に、合成樹脂部の畑中の上司で課長代理の藤原と、畑中より一年後輩の山田、それに機械部で新井の一年後輩の佐川である。

「KCプロジェクト・チームは、中央化学の合成樹脂の加工系列化を推進するために設置されたもので、個別企業の経営にまでタッチする機能は与えられていないはずです」

早速、畑中が急な招集に異を唱えたが、広瀬がとりなした。

「そう堅苦しく考えるな。知らん仲じゃないし、今度のことで新井に水臭いと言われれば、なるほどもっともだとも思う。系列化が順調に進み、ここのところプロジェクト・チームが有名無実の存在となり、みんなが集まる機会も少なくなったんで、久しぶりに顔を合わせただけでもいいじゃないか。ま、とにかく、畑中から浅岡化工の件について経過を報告してもらおうか」

畑中は承服しかねるのか、きつい視線を新井に向け、ひどくぶっきらぼうな調子で言った。

「本件は、ここにいるほとんどの人がすでに承知している問題なので、ごくかいつまんで話しますが、浅岡化工が期間決算で大幅な赤字を出し、このままでは債務超過も時間の問題と考えられるので、抜本的な経営の建て直しを図る必要が生じています。光陵商事が手を引けば、明日にも倒産をまぬがれない状態です。そこで、浅岡社長に退陣してもらい、光陵商事から後任を出し、約百人の従業員を四割カットする。そして半額減資を行なったあと、直ちに倍額増資を実施する。浅岡化工のレジンの消化能力からみても突き放してしまうのは勿体《もったい》ないと思うし、減量によって確実に黒字体質になることがわかっているので、テコ入れに乗り出すことにしたわけです」

どうだ、わかったか、と言うように、畑中は、もう一度じろっと新井を見た。

「新井、なにか意見があるんじゃないのか」

広瀬に促されて、新井は、

「はい」

と返事をして、話し始めた。

「経営責任という意味では、浅岡社長以上に、光陵商事が問われて然《しか》るべきです。浅岡化工の設備投資を奨励したのは光陵商事です。それ自体は決してミス・リードとは思いたくありませんし、一年や二年で結論を出すべき性質の問題でもないと考えます。目下のところは景気が落ち込んで、せっかくの新鋭機械が満足に稼働《かどう》してませんが、中・長期的にみて、プラスチックの需要が伸びることは間違いないところです。それに、中央化学の営業運転が始まれば、浅岡化工の稼働率もかなり上がるはずで、設備投資はそれに対応したものでもあったのですから、ここはじたばたしないで、永い眼でみてやるべきではないでしょうか。景気の循環説に照らしてみても、今年の秋ごろが底で、来年の春ごろには上向きに転じるとみていいと思います。すくなくとも浅岡社長が辞めなければならない理由などないんじゃありませんか」

畑中がつっかかってきた。

「資本の論理じゃないか。無能な経営者に辞めてもらうのは当然だろう」

「しかし、そこまでやる必要があるのかなあ。浅岡化工は、浅岡さんが創《つく》った会社だし、その浅岡さんを追い出すというのは、道義的にもとるべき途《みち》ではないと思うが」

「そんな浪花節《なにわぶし》を言っている場合じゃない。新井君は浅岡化工の窓口だと強調するが、はっきり言わせてもらうと、きみと浅岡の関係は個人的な関係に縮小されてるはずだ。合成樹脂の担当は合成樹脂部だから、ほとんど俺のところでみている。だから、浅岡化工の経営内容について、いちばん知っているのは俺だよ。もともと人が多過ぎるし、しかも大企業並みの給与水準ときている。光陵商事が出資してなかったら、とっくに潰《つぶ》れてたろう。光陵が信用供与をストップしたら、お手上げだ。浅岡化工を潰すのはわけない。現に、いったん整理して出直すべきではないかとする意見もあるくらいだ」

「そんな乱暴な話があるんですか。そりゃあ、運転資金を止められたら、会社は潰れてしまう。黒字も赤字もない。しかし、それでは二流、三流の商社のやることじゃないですか」

広瀬は、新井と畑中のやりとりを腕組みして聞いていたが、立場上もあってか、畑中に与《くみ》した。

「私情をまじえたらあかん。だいいち浅岡が社長でいるのと、うちから出すのと、従業員にとってどっちがハッピーかわからへん。いままでは、早《は》よう加工事業に出たさかい、それなりにメリットがあったわけやが、競争が激しくなってくると、もうあかん。放っといたら会社は潰れるわ。光陵かて、そうそういい顔してられへんやろう」

「浅岡化工を中央化学の加工系列に組み込みたいという当初の目的を考えてください。それと、中央化学が汎用《はんよう》プラスチックを企業化するという情報を教えてくれたのが浅岡さんだったということを考えていただきたい。中央化学と提携したことによって、光陵商事は少なからず利益を得ているはずです。それを多として、浅岡さんをもりたててあげてほしいと思います」

合成樹脂部の課長代理の藤原と、機械部で新井の一年後輩の佐川が、ほーっといった顔で新井のほうに視線を投げてきた。

「浅岡という人に会ったことはないが、畑中君が言うようにそんなに無能な経営者なのかい」

藤原が新井の顔を覗《のぞ》き込んだ。

「そんなことはありませんよ。真面目《まじめ》な経営者で、立派な人です。一人で浅岡化工を創って、百人からの従業員を抱えるまでになったんですから」

「商事から人を出すにしても、社長じゃなくてもいいはずですね。ワンステップ踏んで、まずセカンドマンとして派遣するくらいの配慮があってもいいんじゃないですか。

いきなり会長に棚上げしちゃうというのも、ちょっと強引過ぎると思いますが。光陵商事は光陵商事らしく、もっと紳士的でマイルドなやり方があるんじゃないでしょうか」

佐川の応援に勢いを得て、新井はここぞとばかり訴えた。

「浅岡化工を光陵商事でとりあげてしまうようなことはしないで、どうしたら経営危機を回避できるかアドバイスして、自助努力で立ち直るきっかけを与えてやってくれませんか」

「中央化学の件が浅岡化工からの情報とは知らなかったな」

藤原が畑中に話しかけるように言った。

「しかし、それとこれとは別でしょう」

辛うじて畑中は先輩社員に抵抗した。

「広瀬課長、性急な結論はあとで禍根を残します。ともかく、浅岡さんの件については、白紙に返していただけませんか」

新井がじっと広瀬に視線を注ぐと、広瀬はじろりと眼を剝《む》いて、流れの変化に歯止めをかけるように言った。

「浅岡化工のことをいちばんよう知っとる畑中の判断が正しいのとちゃうやろか。新井は個人的に浅岡と親しくなり過ぎて、冷静な判断ができんような気がせんでもない。畑中、一度合成樹脂部長の判断を仰いでみい。恐らく、変わらんと思うがな」

「部長には、報告済みです」

畑中が答え、さらにつづけた。

「浅岡化工の再建問題については、いわば決定事項であって、形式的にKCプロジェクト・チームに報告しているに過ぎません。つまり、合成樹脂部にまかせてほしいということです」

「そう嵩《かさ》にかからんでもよろしいがな」

広瀬が畑中をかるくたしなめ、新井のほうに向き直った。

「新井の立場もわかるが、ここはこらえてもらえんか」

「社長を辞めたあとの浅岡さんは、どうなりますか」

「合成樹脂部の考えでは、顧問の扱いで、なにがしかの面倒はみることになっている。畑中、そうやな」

「それはひどい」

新井が、広瀬に念を押されて畑中がうなずいたのとほとんど同時に、叫ぶように言った。

「そんな血も涙もないやり方をしたら、光陵商事は世間から指弾されます。当然、代表権を持った会長として、とどまってもらうべきではありませんか。僕はだいたい浅岡社長の退陣に反対です。まだほかに方法論があると思いますし、浅岡さんの経営手腕を評価しているからです。しかし、浅岡化工が光陵商事の支配下にあることはたしかで、合成樹脂部が結論を出してしまった以上、それをひっくり返すのは容易なことではないでしょう。ですが、顧問というような遇し方は、なんとか考え直してください」

「代表権を持たせた会長ね……」

広瀬が腕組みをほどいて、二重にくくれた顎《あご》を撫《な》でながら言った。

「顧問とか嘱託で捨て扶持《ぶち》みたいな待遇では、ちと厳し過ぎるかもしれんな」

「代表権を持った会長では、実態はなんら変わらんじゃありませんか。冗談じゃありませんよ」

畑中が渋面を作って、吐き捨てるように言ったが、藤原も新井の意見に賛成した。

「代表権はともかく、会長に残しておかなければ、従業員がおさまらないんじゃないかな。浅岡化工の象徴みたいな存在の人をいきなり顧問にするというのは、荒療法が過ぎるかもしれないなあ」

「藤原さんまで困りますよ。相当思い切った減量をやらなければならないのに、温情家の浅岡が会長などで残っていては、やりにくい。いや、できるものもできなくなってしまいますよ。放漫経営の責任をとるのはごく当たり前じゃないですか」

畑中は、新井への対抗意識も手伝って、口角泡を飛ばす勢いで言いたてた。

「そのへんは、浅岡に因果を含めるさ。浅岡も莫迦《ばか》じゃなければわかるやろう。それに、なんといっても浅岡の顔でもってたような面があるさかい、会長に残しておいても、なんかのたしにはなるやろう」

「それじゃ、新井君に浅岡へ因果を含めてもらおうじゃないか」

畑中がすねたような口調で言った。

「僕には大役だけど、やらしてもらいましょう」

新井が答えると、隣の佐川が袖《そで》を引いた。

「畑中さんのほうが適役だと思いますが。こういう話はクールに事務的に話すほうがいいと思います。新井さんの立場じゃ話しにくいんじゃないですか」

「冗談は言うなよ。新井君は浅岡化工の窓口にあることを強調してるんだし、個人的にも浅岡と親しい関係にあるんだから、俺の出る幕ではないね」

「しかし、これは個人的な問題ではありませんよ。畑中さんは、さっき新井さんと浅岡さんの関係は個人的な関係に縮小されていると言いましたが、おっしゃるとおりだとすれば、これは仕事なんですから、ビジネスライクにやってもらったほうがいいと思います」

佐川に喰いさがられて、畑中はたじたじとなった。

佐川が、憎まれ役を押しつけられようとしている新井に同情して、気を遣ってくれていることはうれしかった。

「やはり僕から浅岡さんに話しましょう。畑中君が話しても、僕になにか言ってくるでしょうから、ストレートにぶつかってみます」

佐川の気づかわしげな視線を頰のあたりに感じながら、新井はきっぱりした口調で言った。

しかし、新井は、浅岡化工の再建策について、もっとほかのやり方があるはずだと考えていたので、常務の三浦に相談してみた。

三浦は、鉄鋼本部長を委嘱されていて、本件には門外漢だったから、迷惑そうに、

「あとで担当の役員に聞いてみよう」と言ったきりだった。

「それより、きみは、四月にロンドンに行くことになってるんじゃないのか。そろそろ準備にかからねばいかん。初めての任地がロンドンというのは悪くないな」

三浦は、話を逸《そら》すように話題を変えてきた。

もっとも、三浦はあくる日の朝、新井を呼びつけて、浅岡化工の件でも誠意のあるところをみせた。

「合成樹脂部の方針では、大ナタをふるって従業員を三分の一ほど馘《き》りたいらしいし、いろいろ考えてるようだ。ま、きみはあまり口出しせんことだな。浅岡という男は温情家で、従業員の首を馘れるような男じゃないらしいから、会長にまつりあげられてたほうが気が楽じゃないかね。放漫経営をいつまでも放置しておくことはできないだろう」

「人員整理なんてそんなに簡単にできるんでしょうか。ほかに打つべき手がないのかどうか。すこし拙速過ぎませんか。畑中君は功を焦《あせ》ってるような気がしてなりませんが」

新井は、かつて浅岡化工をリストアップしたことを、激しく後悔した。余計なことをしたばっかりに、浅岡社長をここまで追い込んでしまったような気がしていたのである。

4

その週の土曜日、新井はいつものとおり浅岡家を訪ね、二時間ほど一郎の勉強の面倒をみて、そのあと、応接室で茶を喫《の》みながら、浅岡と向かい合った。世間話をして、いとまを告げるのがいつものならわしだが、この日は、そうはいかなかった。

「浅岡さん、実はお話ししたいことがあります」

新井は、われ知らず切り口上になっていた。

「社長もご存じのとおり、浅岡化工の経営は危険な状態にあります。会社を建て直すためには人員の縮小が必要だと、光陵商事では判断しています」

「…………」

「光陵商事としては、浅岡化工を見放すつもりはありませんが、社長には会長になっていただいて、大所高所から会社をみていただきたいと考えています。人員整理という厭《いや》なこともやらなければならないのですから、それを浅岡さんの手でやっていただくのは、いかにも心苦しいのです」

「二千万円ほど面倒をみてもらえれば急場をしのげるし、必ず立ち直れると思って、こないだ畑中さんにお願いしたんだが、そんな話になってたのかね。きみにも相談しようと思ってたところだが、人員整理をしなければならないほど深刻な状態になっているとは思えない。もうすこし、永い眼で見てもらえると思ってたんだがね」

「議論の過程ではいろんな意見が出され、あなたがいま言われたように永い眼でみるべきだという意見もありましたが、とにかく光陵商事としては思い切った再建策をとることになったわけです」

新井は、そう主張したのは僕だと言いたかったが、その言葉を呑《の》み込んだ。自分だけが良い子になろうとしているようで、気がひけたのである。

「厭だと言って断れるものでもないんだろうが、もうすこし社長である私の意見を聞いてもらえなかったのだろうか」

落ち着いた声だったが、膝《ひざ》がしらがかすかにふるえていた。

「お気持ちはよくわかります。僕も結論の出し方が性急すぎると思わないでもないのですが……」

新井は沈痛な面持ちで答えた。

浅岡は煙草《たばこ》に火をつけ、吸いこんだ煙を吐き出して、すぐに灰皿にこすりつけた。

「ノーといえないことはわかっているが、私にも考える時間を与えてほしい。心の準備といってもいい。今度の土曜日までに結論を出しておくとしよう」

浅岡はそれだけ言って、つと起《た》ち上がった。

憤《いきどお》りを制御し切れず、大声を発しかねないおのれをもてあまして席を起ったように、新井には思えた。

つぎの土曜日、新井は重い気分で浅岡家を訪ねたが、今日限りで来てくれなくて結構だ、と浅岡修造に冷たく言い渡された。

「私は会長に退くことにしたよ。私なりに金策にかけずり廻ってみたが、光陵商事の裏書きがなければどうにもならないことがわかった。いまさらながら光陵商事の威力を思い知らされたようなものだ。会社を潰してよいのかと迫られれば、到底ノーとは言えない。これ以外に選択の余地はないわけだ」

「…………」

「きみが私を会長に推薦してくれたそうじゃないか。考えたもんだな。周到に緻密《ちみつ》に計画を練り上げたというわけだな。きみが書いた筋書きどおりにことが運んで、さぞ満足だろう」

浅岡は、前日、畑中から話を聞いていた。畑中は、暗に新井が仕組んだことだと受けとれるような微妙な言いまわしで、「会長になってもらおうと言い出したのは新井ですよ」と、浅岡に伝えていたのだ。

「僕が浅岡さんに会長にとどまってもらうべきだと主張したことは事実です。しかし、筋書きを書いた覚えはありません。誤解しないでください」

「会長にとどまってもらうとは、ものは言いようだな。さすが東大出だけあって、言いのがれがうまい」

「どうして、そんな妙な言い方をなさるんですか。浅岡さんには永い間、仲良くしていただきました。いまでも気持ちが通い合っていると思っています。ですから、これからも個人的な浅岡さんとのおつき合いはつづけさせてもらいたいと思ってますし、一郎君の勉強のお手伝いもいままでどおり……」

「断る」

と、浅岡がすさまじい形相で、遮った。

「俺はおまえと人間的なつきあいをしてきたつもりだったが、見事に裏切られた。おまえを人間としてゆるすことはできない。おまえはどんなひどいことでもできるやつだ。おまえの本性を見抜けなかった俺が莫迦だったんだ。俺は死んでもおまえを怨《うら》みつづけてやる」

浅岡はしゃべっているうちに激情にかられて、涙をこぼした。

新井は、なにか言わなければならないと思いながら、気持ちが動転して、言葉が出てこなかった。

「ひどい。誤解です」

新井がやっとふりしぼるような声で言ったとき、浅岡はもう新井に背中を見せていた。

5

春一番が吹き荒れ、猛烈な砂ぼこりを舞いあげていた。

真理子は、英会話の習得に通っているお茶の水の英会話学院の帰りに、駅の近くで足もとにからみつく紙片をなにげなく拾いあげて、どきっとした。

そのガリ版刷りの粗末なざら紙のちらしには、光陵商事という文字がどぎついほど黒々と刷り込まれてあった。

〝首斬《くび》りき反対！　光陵商事の乗っ取りをゆるすな！　浅岡化工労組〟の文字が、真理子の眼を奪った。

真理子は、英会話の帰りに駅前のマーケットで夕食の惣菜《そうざい》の材料を買い求めるのがならわしだったが、それをすっかり忘れて、しばらくビラの文句に見入っていた。ビラを四つにたたんでショルダーバッグに仕舞い込んで、真理子は大きく息をついてから、あたりに眼をやった。そして、強風の中で髪を振り乱しながら足もとに散らばっているビラを拾い集めた。

駅から徒歩で十五分ほどのところに光陵商事のブロック建築の社宅が七棟並んでいるが、真理子は二号棟五階の七号室のドアの前で、ダーク・グレーのスーツに身を包んだ見知らぬ初老の男に声をかけられた。

「新井さんですね」

真理子は、こっくりした。

「私は浅岡化工の営業部長をしていた中山という者です」

男は、そう名乗り、

「奥さんにぜひ聞いてもらいたいことがあるんです。それで、失礼とは思いましたが、待たせてもらいました」

と、口早に言って、真理子の返事を待った。

「私がおうかがいして、わかることでしょうか」

真理子は胸をどきつかせながら、かろうじて訊《き》き返した。

「わかるもわからないもないですよ。とにかく、話を聞いてもらいたいですね」

中山は、居直ったように言った。

真理子は、ふるえる手でドアのカギ穴にキイを差し込んだ。

「お入りください」

「失礼させてもらいます」

中山は従順な真理子にとまどったようだったが、あがり込んできた。

真理子は、紅茶を淹《い》れ、ケーキを添えて男の前に出した。

「奥さん、どうかおかまいなく。こんなことをされると話がしにくくなる」

中山は、口に咥《くわ》えていた煙草を灰皿に置いて、にが笑いを口もとに浮かべた。真理子は、テーブルをはさんで中山の向かい側の椅子《いす》に座った。いくらか落ち着きをとりもどしていた。

中山は額が禿《は》げ上がり、くぼんだ眼窩《がんか》のまわりが黒ずんで、生活の疲れが色濃く出ていた。

「私は、おたくのご主人とは何度か顔を合わせてますが、なかなかのやり手ですな。おかげで浅岡化工は見事に光陵商事に取り込まれてしまった。私も新しい社長に嫌われてクビになった一人だが、仲間で組合を結成して、闘ってます。オーナー経営者の浅岡さんは会長にまつりあげられたが、いずれその職も追われるでしょう。とにかく、光陵商事のやり方はあくどい。それも、あんたのだんながシナリオを書いて、演出したそうだ。われわれは涙金で会社を追い出され、食うや食わずの生活苦にあえいでいるが、会社が首斬りを撤回するまで頑張るつもりだ。奥さんは話のわかりそうな人だが、資金カンパぐらいしてもらいたいくらいだよ」

「主人がなにをしたんでしょうか」

「浅岡化工のことは聞いたことないかね」

「横浜にあるプラスチックの加工会社だと、主人から聞いたことがあります」

「そう、堅実な中小企業だった。おたくのだんながあらわれるまではね。われわれも一生懸命働いたつもりだが、光陵商事が乗り出して無理に会社を拡張したために、おかしくなってしまった。要するに、光陵商事もあんたのだんなも、浅岡化工を倒産させて光陵商事のものにしたかったわけだ。その陰謀をめぐらした張本人が新井で、筋書きどおりことが運んだというわけだ」

「まさか、主人がそんなひどいことを」

真理子は蒼白《そうはく》な顔で、ひとりごちた。

「嘘《うそ》かほんとうか、だんなに訊いてみたらいい。組合に資金カンパをしてくれとまでは言わんが、すこしは同情してくれるかね」

中山は、さっき灰皿に捨てた煙草を拾って口に咥えた。真理子は胸をしめつけられる思いで、男の仕草を見ていた。

真理子は起ち上がって、ハンドバッグからありったけの紙幣をかき集めて、男の前に置いた。

「今日はこれだけしかありません。明日でよろしかったら、もうすこしなんとかしてあげられますが……」

中山はあっけにとられた顔で、テーブルの紙幣を真理子のほうに押しやった。

「そんな、冗談じゃないよ。八つ裂きにしてやりたい敵《かたき》の奥さんから組合カンパをめぐんでもらうなんて聞いたことがない。私は、あんたに愚痴のひとつも聞いてもらわなければ気が済まなかっただけだ」

「いいんです。こんなわずかなお金で申し訳ありません」

中山は、気持ちが変わったらしく、三万円ほどの金を持って帰って行った。

真理子は、中山が引き取ったあと、しばらく放心状態でテーブルの前から離れなかったが、気をとりなおして食事の仕度にかかった。どんなに晩《おそ》いときでも、新井は必ず家で真理子と食事を摂《と》った。たいていは茶漬け一杯というようなことが多かったが、真理子の顔をたてているつもりか、箸《はし》をつけないことはなかった。真理子は、ありあわせのもので仕度をし、夫の帰宅を待った。十時過ぎに、赤い顔で新井が帰ってきた。

真理子は、新井の顔をみるなり泣き出してしまった。

「どうした。何があったの」

新井はわけがわからず、真理子の背中をさすっていた。

「泣いてばかりいたんじゃ、なんのことかわからないじゃないか。おふくろがなにか言ってきたのか」

真理子はかぶりを振って、新井のそばを離れ、ショルダーバッグからビラの束をとり出して、それをテーブルの上に置いた。

新井はその一枚を手にとって、眼をはしらせ、

「ここまできてたのか」

と、つぶやいた。

「今日、中山さんとおっしゃる方がみえました」

真理子はしゃくりあげながら言った。

「浅岡化工で働いてた人だね。その人がこれを持ってきたのかい」

「いいえ。これは私が駅前で拾ったものです」

「僕はもう浅岡化工とは関係がないので、どうなっているか知らないが、ここに書いてあることは必ずしも正確じゃないと思うよ」

新井はネクタイを外しながら、言った。

「それに、きみが会社のことであれこれ心配しても始まらないだろう」

「でも、あなたが浅岡化工を光陵商事に紹介したんでしょう」

「うむ。その点はたしかだが、真理子、中山さんがどう言ったか知らないけれど、こういうふうに考えてくれないか。浅岡化工は、光陵商事が出資して支えているからこそ、潰《つぶ》れないでもっている。そりゃあ、人をすこし減らさなければならなかったかもしれないが、放漫経営で会社が潰れてしまっては、元も子もないだろう」

「あなたがなにもかも仕組んだことだと言われました。あなたは、そんなむごいことのできる人だったんですか。私は母から、人にうらまれるようなことだけはしないように、と言われてきました。あなた、お願いですから、人間性を疑われるようなことはなさらないでください」

真理子は、肩をふるわせて、またせぐりあげた。

「それは違う。真理子が心配するようなことはしていない。ただ、結果的に不幸なことになってしまった。それについては僕も責任を感じている。しかし、僕が仕組んだなどということは絶対にない。また、光陵商事としても良かれと思って浅岡化工に出資したわけで、乗っ取りなどということではないと思う。いずれにしても、きみは心配しなくていいよ」

新井は、胸に痛みを感じ、声が小さくなった。

それでも、真理子は得心したのか、涙をぬぐいながら台所へ立って行った。

翌々日の夕方、同じ二号棟の三階に住んでいる顔見知りの夫人が、息せき切って階段を駆け上がってきた。

「新井さん、いらっしゃる。三階の門田ですが」

「はーい」

真理子は錠を外して、ドアをあけた。

「奥さま、これご覧になって」

門田夫人は、眼鏡の奥で細い眼をしばたたかせながら、ビラを真理子に示した。

「いいえ」

「そこらじゅうの電柱や塀に、これがべたべた貼《は》ってあるんですのよ。あなたのことが書いてあるわ」


〝夫の非を認め、組合にカンパする新井夫人〟

真理子は、ビラの惹句《じゃっく》を眼にしたとき頭がくらくらして、めまいがした。

「奥さま。浅岡化工ってどんな会社ですの」

「…………」

「ここに書いてあることはほんとうなのかしら」

「…………」

門田夫人は、さかんにたたみかけてきたが、真理子はまともに口をきけるような状態ではなかった。

その夜、めずらしく早い時間に帰宅した新井は、ビラの件を聞いて、食卓に向かう気がしなくなった。

「真理子らしいな。そういうきみが僕は好きだよ。だけど真理子の好意があだになって、むしろ彼らの攻撃材料に利用されてしまったわけだね」

「私は、どうしていいかわからないわ」

「あの人たちは僕を怨んでる。僕は会社にいないことが多いし、会社に押しかけてきても会えないものだから、腹いせでこんな厭《いや》がらせをするんだろうね。しかし、それが誤解に基づくものであることは間違いない。きみにはすまないと思うが、きみとはなんの関係もないことなのだから、とりあわないようにしてほしいな」

「あなた、余計なことをしてごめんなさい」

真理子は素直に夫に詫《わ》びた。

その後も、浅岡化工労働組合からの厭がらせの電話やビラの攻撃がつづき、真理子はノイローゼ気味になり、風邪をひいて熱も出したが、家にいるのが辛《つら》いらしく、無理をして英会話学院へ通った。風邪ぐらいと思って油断したのがいけなかった。真理子は扁桃腺炎《へんとうせんえん》で高熱がつづき、急性腎炎《じんえん》へと病勢が進んでいた。

新井は、大丈夫と言い張る真理子を近くの病院へ連れて行った。そこで急性腎炎と診断され、その場で入院するように勧められた。浮腫《むくみ》がとれ、血圧が下がり、腎機能が正常に戻るまで三週間かかり、入院一カ月後に真理子は退院した。

新井のロンドンへ赴任する日が迫っていた。

新井は、真理子にはしばらく実家で静養するように勧め、ひと足先に出かけることにしていたが、真理子は一緒に行くと言ってきかなかった。

「このとおり、すっかり元気になりましたわ。いつまでも病人扱いなさらないで」

「内臓の病気は大事をとり過ぎるくらいとってちょうどいい。せめて、あと一カ月か二カ月は静かにしてなければだめだよ。どうせ、ロンドンには三年も四年もいるんだから、一カ月やそこら、なんでもないじゃないか」

「厭です。私はあなたと離れたくありません。静養しろとおっしゃるんならロンドンでも同じことではありませんか」

新井は、真理子が現実から逃避したい一心でロンドンへ一日も早く旅立ちたいと思う気持ちもわからなくはなかったので、つい折れてしまったが、それが、結果的に取り返しのつかないあやまりを冒すことになったのである。

なぜ、あのとき心を鬼にして真理子を日本へ残さなかったのか、会社へ頼んで一カ月赴任をずらすことだってできたはずだ、と新井は夜も眠れないくらい悔やんだが、あとの祭りであった。

第三章　ロンドンの日々

1

旅の疲れと時差に悩まされているうえに、支店長、機械部長、取引関係の業者などが個別に催す歓迎のホームパーティが連日つづき、体力には自信のある新井でさえぐったりしていたのだから、病後間もない真理子が参っていないわけはなかった。だが、真理子は気が張っているせいか、弱音を吐かず、気丈に振る舞っていた。新井は、真理子を案じたが、夫婦単位で行動するしきたりを無視して、真理子を休ませるわけにもいかなかった。

在外高官、それに光陵商事、五井物産のロンドン駐在員でエスタブリッシュメントを形成し、それ以外の日本人を一段低く見るような風潮に、新井は驚かされた。とくに夫人たちの間にその傾向が強く、光陵、五井以外の商社関係の人たちには鼻もひっかけず、お高く止まっている図は、滑稽《こっけい》に見えたほどだ。

かつて、畑中が三位以下の商社との格差を強調したことがあったが、新井はロンドンでその変型に接したことになる。

「なんだか変な感じだわ。さっきパーティで、どなたの奥さまかわからなかったけれど、〝あなた聖心、それとも東女〟なんて訊《き》かれたの。その方、聖心の出身らしいのよ。私がいいえ、って申し上げたら、〝どこなの〟って何度も訊かれたので、鎌倉高校ですってお答えしたら、その方、〝まあーっ〟ってさもあきれたように私の顔をまじまじと見るのよ」

ある夜、パーティからゴールダス・グリーンの借家に帰ってくるなり、真理子が憂《ゆう》鬱《うつ》そうに言った。

真理子は在外高官、光陵商事、五井物産以外の駐在員やその家族と一線を画すような雰囲気に馴染《なじ》めず、内心反発していたところへ、同僚夫人から根掘り葉掘り訊かれて、さすがに気が滅入《めい》ったようだ。

「きみが美人だから、焼き餅《もち》やいて、意地悪のつもりだったんだろう。そんなつまらないこと心配することはないよ」

新井は、ことさらに茶化すように言ったが、真理子はめずらしくふさぎ込んでいた。

真理子のロンドン滞在期間は一年に満たなかったが、その間、躰《からだ》が弱っていることを新井に気取られまいとして、いじらしいほどけなげにホステス役を務めた。食が細くなり、顔が腫《は》れぼったくなるまで、新井は真理子の変調に気づかなかった。新井は、己れの観察力の乏しさに腹が立ったが、一過性の風邪ぐらいにたかをくくっていた真理子も真理子だった。真理子は、病気に対して甘く見過ぎ、無知であり過ぎた。新井は、同僚の紹介で日本人会の運営する診療所で日本人のドクターに真理子を診てもらったところ、慢性腎炎《じんえん》と診断された。

「詳しいことは生検《バイオプシ》という検査、つまり腎臓の組織の一部を採って検査しなければわかりませんが、慢性化していることは間違いないと思います。急性の間に無理をせずに治しておけば、慢性腎炎になることは少ないのですが、これからじりじりと悪化することも考えられます。放っておけば、尿毒症で生命《いのち》を落とすことにもなりかねませんが、人工腎臓といって透析療法がありますから、その心配はないでしょう。透析を必要とするまで、まだ三年や四年の猶予《ゆうよ》はあると思います」

新井とのやりとりの中で、若い日本人ドクターの言ったことを要約すると以上のようなことになるが、ともかく真理子に入院加療が必要なことは明白だった。ロンドンの病院へ入院させることも不可能ではなかったが、真理子のために最善の道を選ぶとすれば、日本へ帰国させるほかはないと新井は思った。医師からもそれに越したことはないと勧められ、新井は真理子に因果を含めて、帰国の手続きをとった。東京からの出張者の帰国に合わせて、真理子を託した。

真理子が帰国して三週間ほど経《た》った三月の下旬に、義母の和枝が、真理子を大船の共済病院へ入院させた、と航空便で連絡してきた。

そして、その二日後、実母の貴子から国際電話が入った。

きんきんした声でよく聞きとれなかったが、三浦から話は聞いたが、私の言うことをきかずに勝手なことばかりするからバチがあたったのだ、という意味のことをくどくどと言い、真理子と別れたほうがよいのではないか、と言い出す始末だった。

新井は、このときほど母を憎んだことはなかった。新井は電話を切りたかったが、貴子が宿痾《しゅくあ》でうちひしがれている真理子に面と向かってなにを言い出すかわからなかったので、声をふるわせて釘《くぎ》をさした。

「大きなお世話です。よくそんなひどいことが言えますね。今後、絶対に真理子に会うようなことはしないでください」

真理子から航空便が届いたのは、さらに二週間経った四月の初めである。

お元気ですか。ロンドンはまだ寒い日がつづいていると思いますが、こちらはすっかり桜の季節になりました。病院の窓からお花見を楽しんでいます。私は、母があきれるほど食欲もあり、元気になりました。またロンドンのあなたの許《もと》へ行かれるのではないか、と欲張ったことを考えています。
きのうはお母さまがお見舞いにきてくださいました。あなたからもお礼を申し上げてくださいませ。

新井はすぐに返事をしたためた。真理子はさりげなく貴子が病院に顔を出したことを知らせてよこしたが、あの母のことだから、なにか妙なことを言ったのではあるまいか。真理子の無念な気持ちが行間ににじみでているような気がして、新井はひとり胸を痛めた。

食欲が旺盛《おうせい》な由《よし》、結構なことです。この病気は、気長にのんびりと構えてることがいちばんで、あまりくよくよせず頑張ってください。
母が病院へあらわれたそうですが、わが母親ながらあの人はちょっと変わった人ですから、なにを言われても馬耳東風に限ります。くれぐれも要らぬことを考えないように。

いま、クルマの運転免許の取得に懸命に取り組んでいます。日本では忙しくてとうとう取れなかったけれど、そのほうがかえってよかったようです。というのは、ロンドンのほうがいくらか試験がやさしいような気がするからですが、ゴールデン・メイには、ライセンスも取れるでしょうから、きみには悪いけれど、せいぜいドライブでも楽しもうかと思っています。

なお、手ごろな下宿を世話してもらい、借家を引き払いました。

新井は下宿先の電話番号を書き添えて、真理子宛《あて》の手紙を投函《とうかん》した。

2

光陵商事のロンドン支店は、取締役支店長以下総勢約百五十人の陣容だが、三分の一が本社から派遣されている正社員で、三分の二が現地傭員《よういん》といわれるローカル・スタッフである。東京本社ではヒラの新井が、ここでは三階級特進しサブ・マネジャーの肩書をもらい、部長代理扱いである。もっとも、機械部では最年少の新井が部長代理だから、本社派遣組の五人のスタッフの中にはヒラ社員は一人もいないことになる。

部長、次長、そして部長代理が三人、という構成である。

部長の吉野は、眼から鼻に抜けるような感じのやり手の商社マンで、仕事が生きがいといって憚《はばか》らない男だが、次長の林は、吉野とは対照的に、おっとりしている。眠っているような柔和な細い眼の持ち主に相応《ふさわ》しく、まどろっこしいくらい、ゆったりした喋《しゃべ》り方をする。これでキッタハッタの商社マン稼業《かぎょう》が勤まるのだろうか、と思えるくらい立居振る舞いもワンテンポずれているようなところがあるが、部下思いで、せっかちな部長との間で緩衝的な役目を果たしていた。けっこう気働きのする男で、一人だと食事が不規則になると言って、新井に下宿を世話してくれたのも林だったし、しばしば新井をディナーに招いて家族をあげてもてなしてもくれた。

新井が衝撃的な知らせを真理子から受けたのは、ロンドンで三度目の初夏を迎えて間もない五月初旬の夜明けのことであった。それを聞いたとき新井は、あまりのショックで、めまいを覚えたほどだ。

初め、「真理子です」と聞こえたが、数秒間話が途切れた。新井は胸騒ぎをおぼえ、

「もしもし、もしもし」

と、受話器に向かって絶叫した。

「ううっ」

と、うめきともつかぬ声がかすかに聞こえた。

「もしもし、電話がひどく遠い。すこし大きな声で話してくれないか」

新井はいらだったが、真理子は満足に声が出せなかったのである。

「母が、母が亡《な》くなりました」

「なに、なんと言った。お母さんがどうしたって」

新井はもどかしさと焦《あせ》りで、また大声を発した。

「落ち着いて、はっきり話すんだ」

「母が交通事故で死んだんです」

新井はわが耳を疑った。しばらく声が出せなかったが、「もしもし」と呼びかける真理子の声に励まされて言った。

「いまどこからだ」

「逗子の家です」

「とにかく、フライトがとれ次第帰国する。きみのほうの体調はどうなんだ」

「大丈夫です」

「しばらく逗子にいることになるね」

「はい」

「わかった。気をつけてくれ」

新井は、終始受話器に向かって言葉を叩《たた》きつけるように大声で話していた。

下宿の初老の小母《おば》さんに、「なにをそんなに怒っているのか」と英語で欠伸《あくび》まじりに言われて、新井はやっとわれに返った。

新井は、こんな時間に起こしてくれた小母さんに礼と詫《わ》びを言い、いったん二階の自室に戻り時間を確かめ、時差を計算してまた階下へ降りて行った。新井は、小母さんに手短にわけを話して、東京の光陵商事の本社へ電話をかけさせてもらった。彼女は、新井の実母が死んだととり違えて、いたく同情してくれた。

新井は、本社の機械部の佐川に応援を頼もうと考えたのである。幸い佐川は在席していた。新井は、話を広げないで個人的に協力してほしい、とくどいほど念を押した。佐川はすぐに、逗子へ行ってみると約束してくれた。

新井はオフィスへ顔を出すなり、吉野に休暇願いを申し出た。

「義理のおっかさんなら、わざわざ帰ることもないだろう。弔電で済ませて、はるかロンドンから冥福《めいふく》を祈るぐらいのところでどうかね」

吉野はいい顔をしなかった。それも致し方なかった。財界の大型経済ミッションが三日後に来英することになっており、そのメンバーに光陵商事の牧野社長が副団長格で参加している関係で、ロンドン支店は世話役としてミッションのロンドン滞在中のスケジュールづくり、VIPとの会見のアレンジなどに忙殺されていたのである。一年交代で、在英日本人会の会長職を光陵商事と五井物産のロンドン支店長が務めていたが、その年は光陵商事の当番であったため、支店長以下みんな緊張し、張り切ってもいた。カンバセーションの達者な新井は、支店長とともにミッションの団長、副団長に付き添《アテンド》いすることになっていた。

さらに新井は不都合なことに、というよりちょうどそのときミッションのアテンド以上に重要な仕事を抱えていたので、帰国しにくい状態であった。英国の工作機械メーカーのアルプス社が光陵商事との代理店契約を破棄したいと申し入れてき、その復活折衝を新井がまかされていた。到底戦列を離脱できるような状況ではなかったが、病人の真理子を独り放っておくことは、もっと残酷なように思え、義母の死去の後始末だけはつけてやらなければと新井は考えて、見通しもなしに、帰国すると真理子に言ってしまったのである。

「そりゃあ心配だな。きみを帰さなかったら、一生奥さんに怨《うら》まれるな。ミッションのほうは、君ほどできないにしても英語の話せるのはいくらでもいるし、私も手伝うが、問題はアルプス社の件だな」

事情を聞いて、林が話に乗ってくれた。

「アルプス社にはいまから行って来ます。伊賀忠商事が提示している条件までは譲歩しなければ仕方がないと思いますが、なんとか僕の留守中だけでも休戦にしてもらうように頼んでみます」

「うむ。とにかく泣き落としでもなんでも、当たってくだけろだな」

林に激励されて、新井はアルプス社を訪ねた。伊賀忠商事がアルプス社の担当部長を抱き込んで有利に話を進めていたが、光陵商事としてもこのままおめおめと引き下がってはいられなかった。

その日、新井は、偶然アルプス社のロング副社長と、アルプス社の本社ビルの前で出くわした。新井は顔見知りという程度のつきあいだったが、エレベーターを降りてからロング副社長がオフィスの自室に入るまで、懸命に事情を話して、理解を求めた。

「一週間で結構ですから、私が日本から帰るまで、伊賀忠商事と話を進めることはしないでください。さもないと、私は日本へ帰れません」

「それは気の毒なことだ。光陵商事とは五月末まで契約期間が残されてるから、すくなくともそれまではどことも契約できない。安心してお母さんの葬式に行ってきたまえ」

ロング副社長も、新井の実母が死んだと勘違いして、同情を寄せてくれた。

「契約の延長にあたって、条件を見直すことについては当然考えさせていただきます。アルプス社と光陵商事は三年間のおつきあいで、信頼関係、友好関係が深まっています。どうか、伊賀忠商事に乗りかえるようなことはしないでください」

「当社の製品は、極東地区でもっと売れなければおかしいと考えている。きみのところの営業努力が不足しているとしか思えない。それが証拠には、伊賀忠商事は光陵商事の二倍は売れると言っている。しかも、売れなければ罰金《ペナルティ》を払ってもいいとまで言っているんだ」

「そういう問題も含めて、後日あらためて契約改訂交渉をさせていただきます。三日後に日本からミッションがロンドンへ来ることになっていますが、光陵商事の牧野社長も副団長として参加しています。牧野社長のロンドン滞在中に、時間を割いていただけませんか。牧野に会ってもらいたいのです」

新井は咄嗟《とっさ》の思いつきで、牧野社長を持ち出すと、ロング副社長はまんざらでもなさそうに、

「そういうことなら、なんとか時間をつくろう。あとで連絡する」

と言って、立ち話を切りあげオフィスに消えた。

新井はアルプス社の担当役員、担当部長にも挨拶《あいさつ》し、公衆電話から林に首尾のほどを連絡した。

「社長をアルプス社に訪問させることは、私も気がつかなかった。しかし、社長のスケジュールはびっしり詰まってるから、どうやって時間をやりくりするかだな。これをやらなければアルプス社が怒るだろうから、なんとか骨を折ってみよう。あとは私にまかせてもらうよ」

間延びした林の口調に、新井はいらだった声で、

「それでは帰国の手続きをとってよろしいですか。これから、航空会社に当たってみたいと思いますが」

「いいよ。部長によく話しておこう。でも、こっちへ帰って庶務にやってもらったらどうかね」

「いいえ、私用ですから」

「なんとか、出張扱いにしたいと思ってるんだ」

「ありがとうございます。しかし、そんなわがままはいえません」

新井は電話を切って、航空会社にまわった。

機械部長の吉野は最後まで憮然《ぶぜん》とした表情を変えなかったが、新井が支店のオフィ

スに帰るまでに、林が吉野をどう説得したのか了承をとりつけておいてくれた。

「アルプス社の件で、本社と意見を調整してほしい。実績の二倍はきついが、これを呑《の》まなければアルプス社との契約延長は難しいとすれば、本社に無理を聞いてもらうしかないな」

林は、新井の一時帰国を出張扱いにするために、用件をひねり出して庶務と話をつけてくれたのである。

新井はその夜、キャンセル待ちで航空券を手に入れ、ヒースロウ空港を発《た》った。

義母の和枝は、ゴールデン・ウイークの一日を同僚の女教師三人と日帰りのドライブに出かけ、高速道路で痛ましい事故にあったという。ダンプカーを追い抜こうとして接触したところへトラックに挟まれるように追突され、二人が即死、二人が重傷という惨事を招いたのである。新井は虚脱状態の真理子を励まし、和枝の葬式を出し、逗子の家には新井が帰国するまで新婚早々の佐川夫妻に住んでもらうことにした。そして、真理子を病院へ戻した。

本社では、アルプス社の横暴を鳴らす機械部の部長以下と渡り合って、最悪の場合はアルプス社の条件を呑まざるを得ない旨《むね》を了承させた。

新井はもう一度真理子を大船の病院へ見舞って、日本をあとにした。正味四日間のあわただしい帰国だった。

3

大学時代のクラスメートの本明勝から、ロンドンの新井の許《もと》へ航空便が舞い込んだのは、義母の和枝の死後、ほぼ一年経《た》った五月下旬のことである。サンライト電子工業の社長夫妻が商用をかねてヨーロッパに外遊するが、ロンドンにも立ち寄るので、ついてはよろしくアテンドしてほしい、というのが手紙の趣旨で、ロンドンの日程、宿泊先、ヒースロウ空港に到着するフライトなどが書き添えてあり、池上夫妻のスナップ写真も同封されていた。池上社長はふたまわりも年下の女性と再婚したばかりで、ノミの夫婦でもあり、はなはだアンバランスなカップルだから、すぐわかるはずだ、とも文中にあった。相手の都合を確認せずに一方的に用件を押しつけてくるあたりは本明らしかった。新井は、ぶしつけなこの申し出を快く受けたが、将来商権に結びつかないとも限らないという商売気がないでもなかった。

海外駐在の商社マンにとって、取引先の企業の関係者が現地を訪問したときのアテンドは重要な仕事の一つである。アテンドの仕方にはA、B、Cのランクがあり、本社の指令によって、あるいは支店の判断で、アテンドのランクが決められる。Ｃクラスは、支店を訪ねて来た客に対して、食事につきあう程度のごく希薄なもので、Ｂクラスは食事のもてなしのほかに空港の送迎が加わる。Ａクラスは１Ａ、２Ａ、３Ａの三段階に分かれており、３Ａともなると経費の一切を負担し、昼夜を分かたずカンバセーションの達者な商社マンがフル・アテンドする仕組みになっている。

大企業ともなると、複数の商社と取引関係にあるので、当該企業の社長なり大幹部が外遊するようなときには、商社間でアテンドの奪い合いになることがままある。

新井は、折り悪《あ》しく、次長の林が休暇で不在だったので、部長の吉野に、サンライト電子工業と取引関係はないが、海外戦略に力を入れ始めており、将来性もある企業なので、Ａクラスでアテンドしたい、と申し出たが、「そこまでやる必要はないな」と、一言のもとにはねつけられてしまった。それでやむなく三日間の休暇を取った。この機会にゆっくり市内を見物したいと考えたのである。

新井はその日の午後、中古のフォルクス・ワーゲンを駆って、ヒースロウ空港に池上夫妻を出迎え、ロンドン市内のグロヴナー・ハウスと称する一流ホテルへ送り届け、いったんゴールダス・グリーンの下宿へ戻って、五時にホテルの食堂でまた夫妻と落ち合った。

池上堅太郎は、赭《あか》ら顔の村夫子《そんぷうし》然としたいかにもお上《のぼ》りさんという感じは否《いな》めなかったが、それなりに活力の旺盛《おうせい》な野趣に富んだ魅力をふりまいていた。午睡をとって元気を取り戻したのか、あぶらぎった顔をゆるめて、

「わしは、五十八歳《とし》のこの歳で、ダブルヘッダーがいけますぜ」

などと、あたりかまわず声高にしゃべり、ステーキを食らい、ヘネシーの水割りをがぶがぶと飲んだ。

「おとうちゃま、レディの前でなんですか」

池上夫人の恵美子がさすがに新井の手前を憚《はばか》ったが、池上は一向に意に介さなかった。

「これはわしよりふたまわり齢下ですが、セックスのほうはちょうど釣り合いがとれていますよ」

「お元気で結構ですね」

「まったく、われながらあきれています。新井さんは、本明と同期というと、三十四ですか」

「はい」

「それじゃ、これと同じ歳ですよ。どうです、良い女でしょう」

「…………」

「おとうちゃま、いいかげんにしなさい」

「そう照れることもないじゃないか。おまえだって、そう思っとるんだろうに」

池上は首の付け根まで赤く染めて、高笑いした。

「新井さんは単身赴任だそうですが、奥さんはどうしました」

「ちょっと躰《からだ》をこわしたものですから、日本へ帰しました」

「そら、うまいことやりましたな」

池上は、にやりと笑った。

新井は瞬間的に、同僚の大西にもまったく同じように言われたことを思い出したが、あのときほどの不快感はなかった。

大西は、繊維部の部長代理で、新井より三年先輩のはずだが、真理子が帰国した直後だっただけに、冗談にもほどがあると新井は大西を殴ってやりたいと思ったほどだ。

「新井君、うまいことやったね。チャンス到来じゃないか」

大西はさかんに新井をけしかけ、ロンドンの穴場に新井を連れて行こうとしたが、新井は応じなかった。

「新井君、ピロウ・イングリッシュって言葉知ってるかい」

新井は、大西にニヤニヤしながら言われたとき曖昧《あいまい》に笑っていた。

「要するに、女と寝ながら知識を仕入れるのがいちばんだってことさ。現地に溶け込むいちばん手っとり早い方法は、夜の女と過ごすことだよ。きみはきれいな英語を話すが、かえってそらぞらしい感じをもつ英国人もいるはずだ。郷《ごう》に入っては郷に従えというが、ピロウ・イングリッシュでその国の習慣なり人の気質を知ることは、仕事のうえでもプラスになる。どうだ、これから俺につきあわないか」

真理子に帰られて意気消沈している新井の気持ちを知ってか知らでか、大西は執拗《しつよう》に新井を誘った。案外、大西の流儀で新井を慰めようとしているのかもしれなかったが、新井はとてもそんな気分になれなかった。

女なんて乗り物と心得よ、とかつて畑中に言われたことがあるが、大西も畑中と同じ考えの持ち主らしく、

「俺は最初の一年はここへ単身で赴任してきたが、三日とあげずに女の許へ通ったもんだ。カネがつづかなかったから、タクシー代を水増しして会社へ請求したもんだよ」

と、うそぶいた。

新井は、大西とつきあうことはなかったが、出張者を穴場に連れて行ったり、女を

紹介したりするには大西は至極便利な存在だった。大西は、女の好みまで希望を満たしてくれるほど、そのみちに精通していた。

大西は、露悪的でちょっと拗《す》ねたようなところがあった。

「われわれ商社マンは、銀座の売りのホステスと同じさ。光陵商事という暖簾《のれん》を借りて商売をしているわけだ。しかも、ヘルプが一人付いているところまでそっくりじゃないか……」

ちなみに、総合商社の現業部門ではマン・ツー・マンで、ヒラであれ、なんであれ大抵の場合は女子社員が一人付くことになっており、売りのホステスにヘルプのホステスが付いている銀座の仕組みになぞらえて、大西は自嘲《じちょう》的に言ったわけだ。

「ホステスと違うところは、歩合給じゃないだけで、やってることはたいして変わらない。あるいはホステス以下で、女郎ぐらいがいいところかもしれんぜ。系統だてた仕事をしているわけでもなければ、仕事に哲学《フィロソフィ》がない。ゆきあたりばったりにモノを売ってるだけだ」

大西は、そんなことを言って、新井を驚かせたこともあった。

恵美子がトイレに立った隙《すき》に、

「新井さん、どこかおもしろいところはないですか。ワイフを市内見物にでも連れ出してくれれば、わしは適当にやりますから」

と、内緒ばなしのつもりなのか、池上はいくらか声を落として言った。

「僕は、その点はどうも不案内なんです。同僚に大西というくだけた男がいますから、電話で訊《き》いてみましょう」

新井は、こんなところで大西が役立つとは、と内心苦笑したが、大西は新井が恵美子をケンブリッジ・シアターに案内するためにホテルを出たあと、入れ違いに押っ取り刀で駆けつけてきたという。

ケンブリッジ・シアターにかかっていた演物《だしもの》は沙翁《しゃおう》劇の『冬物語』だった。恵美子は近眼なのか眼鏡をかけて最後まで熱心に観劇していた。新井はシェイクスピアを多少齧《かじ》ったことはあるが、台詞《せりふ》は理解できてもそう魅《ひ》き込まれるほどおもしろいものではなかった。

「素敵だったわ」

と、芝居が閉《は》ねたあとで、恵美子は眼鏡をしまいながら、うっとりした声で言った。

新井は、恵美子が内心退屈しているのではないかと思っていただけに、びっくりした。

新井は恵美子をホテルに送り届け、あくる日の十時に迎えにくることを告げて、玄関で別れた。

二日目はバッキンガム宮殿や大英博物館を案内し、午後はハイゲイト・ゴルフ・クラブでゴルフに興じ、帰りに市内のパブへ立ち寄りビールを飲んだ。三日目は郊外へドライブすることになり、テームズ川の上流にあるマロウという町へクルマを走らせ、ゆったりとした静かなたたずまいのホテルで遅い昼食をとった。池上夫妻は大変な喜びようで、子供のようにはしゃいでいた。その帰りに、新井は池上夫妻に下宿へ寄ってもらった。

新井は下宿の小母《おば》さんに、遠来の客を連れてくるように言われていたのだ。夕食に七面鳥のローストなど小母さんが腕によりをかけて調理した家庭料理に、みんなで舌つづみを打った。今度の外遊のハイライトだと、池上夫妻はたいそうな喜びようで、それを新井が通訳してやると、小母さんはいかにもうれしそうに立ち上がって池上に頰ずりした。

第四章　転　　職

1

その年の秋、新井はロンドン支店勤務を解かれた。ターン・テーブルから大型の旅行鞄《かばん》を見つけ出して、それを税関の検査台へ運び込んだところで、新井はガラス越しにちらっと真理子を認めた。一瞬甘ずっぱい思いで胸が一杯になった。二年ぶりに見る妻の顔だったが、わざわざ出てくることもないのにと、気遣う気持ちのほうが勝っていた。

税関で荷物を受け取り、通路へ出たところで、新井は真理子を見失った。新井が出迎えの人混みを逃れ、真理子の着物姿をとらえたのとほとんど同時に、背後から肩を叩《たた》かれた。振り返ると、本明が立っていた。

「元気そうだな」

「やあ、ありがとう。君に出迎えてもらえるとは思わなかった」

「うん。光陵商事へ電話して、羽田に着く時間を確認したんだ」

新井は両手の荷物をおろして、本明が差し延べてきた手を握り返しながら、真理子を眼で追った。真理子はすこし離れたところで、若い男とひっそりと佇《たたず》んでいた。連れのその男が光陵商事の人事課員であることはすぐみてとれた。光陵商事では、海外勤務者の出迎え要員は一人と決まっている。クルマを差し向ける関係でやむを得ない措置とはいえ、商社マンの送迎はいたって簡素で事務的だ。

「実はうちの社長が赤坂の料亭できみを待ってるんだ。あしたからしばらく出張するんで、ぜひ今夜のうちにロンドンでのお礼をしておきたいと言っている。なんせ、せっかちなんでね」

そこへ真理子が遠慮がちに近づいてきた。

「あなた、永い間ご苦労さまでした。本明さん、ご無沙汰《ぶさた》いたしております。きょうは、お出迎えいただきまして、ありがとうございます」

真理子は、新井に熱いまなざしを送ったあと、本明のほうへ向き直って、丁寧に挨《あい》拶《さつ》した。

「こんばんは。しばらくです。奥さん、待ち遠しかったでしょう。三年ぶりのご対面ですね。しかし、なんだって新井を一人にして先に帰ってきちゃったんですか。まさかロンドンで夫婦喧嘩《げんか》したわけでもないでしょうに」

事情を知らない本明は軽口を叩いた。真理子は黙って微笑していた。

「奥さんも食事はまだでしょう。ぜひ一緒に来てください。美人の奥さんに来てもらえば社長はきっと感激しますよ」

本明は勝手にそう決めて、旅行鞄を一つ持ち上げた。

「きょうは遠慮させてもらうよ」

「まあ、そう言うな。俺の顔もたててくれよ」

「本明、すまんけど、かんべんしてくれないか」

新井はすこしこわばった表情になった。

「あなた、どういうことなんですか」

「いいんだ」

新井は真理子にとりあわず、

「成田君だったね。わるいけど鞄を運んでくれる」

と、人事課の男に声をかけた。

「おい、それはないだろう。こうして、忙しいのにわざわざ迎えに来てるんだ」

本明がむっとしたように言い、見かねて真理子がとりなした。

「あなた、せっかくですからいらしたら。私は先に帰ってますわ」

「奥さんと早く二人きりになりたいのはわかるけど、一時間ぐらいつきあってくれたっていいじゃないか」

「申し訳ないが、きょうは飲む気になれない。池上社長にくれぐれもよろしく言ってくれ」

「どうしてもだめか。社長夫人も来てるんだぜ」

本明は下唇を突き出し、眼鏡の奥のくぼんだ眼をつりあげて新井を見上げた。

「わるいな。近いうちにぜひ会おう。僕のほうから連絡するよ。それじゃ失敬する」

新井は右手を軽くあげて会釈《えしゃく》し、真理子と成田を促して歩き始めた。真理子が申し訳なさそうに振り返ったが、本明は怖い顔で立っていた。

一人残された本明は、胸の中で「この妻ノロ野郎！」と、新井の背中に向かって毒づいた。

本明は仕方なく赤坂の料亭へ電話を入れ、池上を呼び出して、この旨《むね》を連絡した。

「子供の使いじゃあるまいし、しょうのないやつだ。おまえ一人でもいいから、こっちへ来たまえ」

池上の不機嫌な声が返ってきた。

本明は重い気分で、待機させてあったハイヤーを赤坂へ向けた。

料亭〝田所〟では、池上堅太郎夫妻が女将《おかみ》を相手にブランデーを飲んでいた。

「そうか、振られてしまったか。仕方があるまいな。こっちが少々強引すぎたんだ。この時間ならよかろうと思ったんだが、厭《いや》がるものを首に縄をつけて引っぱってくるわけにもいかんだろう。そういうことなら、わしが出迎えるべきだったな。ロンドンであれだけ世話になったんだから」

池上は、すっかり機嫌を直していた。池上に横座りに寄り添っていた恵美子が、流し目で本明を見て、軽くなじった。

「でも、がっかりね。あのハンサムボーイに逢《あ》えるっていうから、無理して来たのよ」

「まったく無粋なやつで困ります。新井のやつ、女房が出迎えてたもんですからよけい帰心矢のごとしで、でれつきおって」

本明が池上の顔を見ながらそう言うと、

「無粋なのはこっちのほうかもしれんぞ」

と、池上にたしなめられた。

「なにしろおとうちゃまは、新井君にぞっこん惚《ほ》れちゃってるんだから寛大なわけよ。

でも、すこしイメージダウンだな。本明君のいうとおり女房に弱い男なんていただけないな。おとうちゃまは別よ」

「それじゃ、まるでわしがおまえの尻《しり》に敷かれてるみたいじゃないか」

「あら、みたいなんて失礼ね。私はおとうちゃまを正真正銘お尻に敷いてるわ」

恵美子が生まじめな顔で言い終わると、池上が哄笑《こうしょう》した。

「しかし、残念ね。ほんとうに新井さんに逢いたかったわ」

笑い声が静まったところで恵美子がむし返した。

「エミーのほうがわしよりよっぽど新井君に惚れてるんじゃないか」

「そうね。とにかく、颯爽《さっそう》たるものだったわ。あのキングズ・イングリッシュも素敵だし、あのときのヨーロッパ旅行で最高に楽しかったことはたしかね」

「ほんとうに本明君は良い人を紹介してくれたな。ああいう友達は大切にしなければいかん。三日間休暇をとってフル・アテンドしてくれたが、なんといったらいいかね、おしつけがましいところがぜんぜんなくて、さらりとしている。ところが、あとで考えてみると、実にゆきとどいているというか、気を遣ってくれてるんだ。これもすっかり感激して、新井さんが独身なら、わしと離婚しても放っておかないなどとぬかしおった」

「あら、そんなこと言ったかしら。ロンドンでしたゴルフも楽しかったわね」

「初めての海外旅行で、心細いし緊張してたから、新井君のような人に出会うと、なおさらうれしくなるんだろう」

本明は、おもしろくなさそうな顔で社長夫妻のやりとりを聞きながら、もくもくと料理を食べていた。親友が称揚されているのだから喜んでよさそうなものなのに、この男の負けず嫌いというか焼き餅《もち》やきは生得のもので、異常であった。

「ねぇ、本明さん、新井さんをサンライトに引き抜くことはできないの」

唐突に恵美子が言った。

本明は鰤《ぶり》の照り焼をつついていた箸《はし》を置いて、あきれたような口調で答えた。

「そんなわけにはいきませんよ。新井は超一流商社のエリート社員ですからね」

「サンライトだってきっと大きくなるわよ」

「断られてもともとなんだから、たしかに当たってみる手はあるな。なあ、本明、うちはきみも知っているように技術屋偏重で、きみのような事務屋の人材が少ないから、これからは文科系の良いのをとるようにしなければいかん。とにかく、わしからもくどいてみよう。来週、関西から帰り次第、一席設けたいので、ぜひアレンジしてくれないか」

「わかりました」

本明はそう答えたものの、新井はサンライトなどにくるはずはないと思っていた。いい気なものだ、思いつきにもほどがある、と腹の中でせせら笑っていたのである。

本明が予想したとおり、はじめのうち新井は池上夫妻の熱心な勧誘にも気乗りしない様子をみせていた。池上夫妻は折りにふれて、新井をゴルフに誘ったり、食事に呼び出したりして、サンライト電子工業にとって新井が必要不可欠な人物であるかのように口説き通した。

「わしは、一度こうと決めたら、そう簡単には諦《あきら》めんよ。わが社にとってはもちろん、きみにとっても必ずプラスになると信じている。商社マンも悪くはないが、十年以上もやったのだからもうよかろう。商社は毎年大量に新卒を採用するそうだが、歩留まりが悪く結構辞めていくのも多いそうじゃないか。そんなに住み心地のいいところじゃないと思うがね」

池上はどこで調べてきたのか、そんなことを言って、新井にサンライト入りを迫った。

池上の指摘はある一面を衝《つ》いていた。光陵商事は比較的定着率の高いほうだが、生存競争の激しい職場で、脱落して転職するものも少なくなかった。国際的な感覚を身につけ、七つの海を股《また》にかけ、あらゆる商取引に精通し、大規模な商活動を遂行する、といった商社マンのイメージはごく一部の人々についてのみいえることである。中には数カ国語を自由にあやつり、会社からハーバード大学へ留学を認められる超エリートも存在するが、それはほんのひとにぎりに過ぎない。多くの商社マンはふるいにかけられて落ちこぼれ、雑巾《ぞうきん》のようにぼろぼろにされてしまう。遠くアフリカへ飛ばされ、風土病で生命《いのち》を落とした商社マンのことなど身につまされるような話も耳にするし、熾烈《しれつ》な出世競争、権力闘争にときとしてやりきれない思いをすることもあるが、新井には池上の誘いがどうしてもぴったりこなかった。

そんな新井が光陵商事を辞めようと決心したのは、人事部長に呼ばれ、「きみのような有能な男をいつまでも国内《ドメスティック》に張りつけておくわけにはいかんよ。あと半年もしたら、ニューヨークかトロントへ行ってもらうからね。どっちがいいかね。もちろん、ニューヨークだろうな」と、海外勤務を予告されたときである。

ニューヨークは光陵USAの本拠地であり、南米までその支配下に置く光陵商事最大の海外拠点であった。出世コースの要衝であり、光陵マンあこがれの地でもあった。

人事部長は新井の気を引くつもりで、ニューヨークを次の任地の一つにあげたようだったが、新井は気持ちのうえではっきり拒絶反応を示していた。海外出張ぐらいならなんということもなかったが、海外勤務となると、病弱の真理子をどうするか、という問題がつきまとう。真理子が、新井のロンドン滞在中どれほど辛《つら》い思いをしたか、新井は痛いほどわかっていた。真理子の病気は治癒する見込みがまったくたたないどころか、じわじわと確実に悪化する性質のものであった。ロンドンの日本人医師の診断《みたて》より腎《じん》機能の低下の進行が遅れているとはいえ、あと一、二年で透析治療へ移行することは確実視されていた。

2

真理子が懐妊したとわかったのは、新井がロンドンから帰国して五カ月ほどたった春のことだ。

新井は、新婚間もないころ子供が欲しいと思ったこともあるが、真理子にその兆候はみられなかった。新井はなかば諦めていたし、いまにしてみると、真理子の体力からすればそのほうがむしろよかったと考えなければならなかった。ところが、皮肉なことに慢性腎炎になってから妊娠したのである。

真理子は、新井に引き寄せられると、まろやかな乳房を見せまいとするように身を固くする。乙女《おとめ》のような羞《は》じらい方はいまも渝《かわ》らなかった。もみあっているときに眼をぎゅっとつぶって、歯をくいしばり身悶《みもだ》えしている真理子は、愉悦とはおよそ正反対に、必死に苦痛に耐えているような風情《ふぜい》であった。新井は、なにかしら罪深いことをしているような思いになり、ときとしてかえって気持ちをそそられるようなこともあるが、それが真理子のよろこびの表現であると気づいたのは、最近になってからだ。真理子の躰《からだ》をいたわって、新井は欲求を制御していたが、妻のほうから夫を求めてくることが多くなった。

むつみあっているときに「赤ちゃんが欲しい」と、真理子がうわごとのように言ったことがあった。その思いが神に通じたのか、妊娠したときの真理子の喜びようといったらなかった。同じ病院の産婦人科の医師から内科医に相談してほしいと言われて、真理子は不吉な思いに沈んだが、決心は変わらなかった。

真理子は内科の主治医には妊娠したことを伏せておいたが、そろそろ三カ月目にかかろうとするころ、主治医から掻爬《そうは》するように勧められた。内科の主治医はとうに産婦人科医から連絡を受けていたのである。そのとき、真理子はどうしても出産したいと言い張った。

しかも、真理子は、出産は可能という産婦人科医だけの診断だけを新井に伝え、「どうしても産みます」と、思い詰めたように言うきりだった。

新井の胸中は複雑だった。真理子が身籠《みごも》ったことはうれしいことには違いないが、母体に対する影響や、子供が母親の体質を受け継ぐことも考えられたし、なによりもやがて透析治療が始まろうとしている真理子に育児が可能かどうか疑問であった。

新井が真理子の主治医に相談してみようと思っていた矢先に、大船の病院から電話で会社へ呼び出しがかかった。

新井が谷岡という四十歳前後の内科医に会うのはそれが二度目だった。義母の訃報《ふほう》に接して急遽《きゅうきょ》帰国し、葬式を済ませて、またロンドンに帰る間際《まぎわ》に、一時退院していた真理子を入院させるため、病院へ連れて行ったときに、新井は谷岡に挨拶《あいさつ》していた。

谷岡は童顔の親切な医師で、懇切に真理子の病状を説明してくれた。

「奥さんはどうしても産みたいといって頑張ってますが、はっきり申し上げて、大変危険なことです」

外来患者の診察が終わったあとの昼下がりの診察室で、谷岡はにこやかに語りかけるように切り出したが、新井は頭から冷水を浴びせかけられたような気がした。

「本人は、出産は可能だと先生に言われたと申してましたが……」

「たしかに母体を犠牲にして出産することは不可能ではありません。慢性腎炎の患者で出産した例がないこともないのですが、これはレア・ケースで、奥さんについては絶対に出産を勧められませんね」

「……………」

「つまりねぇ、腎臓だけ悪くて、合併症の心配がなければ、そして、家庭環境が恵まれていて、どなたか子供の面倒をみてくれる人がいて育児の心配がない、そういうことでしたら、あるいは私も眼をつぶってたかもしれませんが、奥さんは血圧が高く、心臓も丈夫なほうではありませんから、出産という難事業に体力が伴わないと考えなければならないわけです」

「そんなに悪いんですか」

「いや、いますぐどうこうということはありませんよ。出産を諦めていただくために多少アクセントをつけた言い方をしてるとおとりになっても結構です。しかし、厳しい医者なら、いま現在の病状で入院するように勧めるでしょうね。尿蛋白《にょうたんぱく》は少ないが、小水の出がよくないようですし、なんといっても血圧の高いのが気になります。食事なんかも厳しく管理して、そうした症状だけでも取り除きたいところなんですが、しかし、まあ、そう心配するほどのことはないと思います」

谷岡は脅してみたり、心配ないと言ってみたりで、新井は気持ちが混乱したが、要するに、無条件で掻爬を勧めていることに変わりはなかった。

「あと、寿命はどのくらいあると考えたらいいでしょうか」

「難しい質問ですね。腎炎だけなら、透析をつづけてさえいれば最低十年やそこらは保証できますが、合併症が怖いんですよ」

「慢性腎炎は遺伝するものですか」

「その心配はありません。後天的なものですから。しかし、奥さんがなんと言おうと、おろさなければだめですよ。確実に寿命を縮めることになると思います」

谷岡は下ぶくれの柔和な顔を無理にひきしめて、首を振りながらつづけた。

「あと一年ぐらいで、透析治療が必要になると思いますが、週二度受けるとして、一回五時間も六時間もかかるんですから、通院の往復の時間を考えたら大変です。とても育児どころではないですよ。しかも、生涯つづけなければならないんですから」

「私に海外へ転勤する話が出てるんですが、家内を連れて行ってかまわないでしょうか」

「何年ぐらいですか」

「最低三年は覚悟しなければならないと思います」

「そうなると、透析治療を受けられる病院が身近にあることが絶対的な条件になりますが、またロンドンですか」

「いいえ、ニューヨークかトロントと言われています」

「商社の方は、海外勤務の問題がありますね」

谷岡が眉《まゆ》を寄せたので、新井は先まわりして訊《き》いた。

「日本に残したほうがよろしいでしょうか」

「ええ。それに越したことはないと思います。ニューヨークなら病院の心配はないでしょうが、精神的な面でどうでしょうかね。常識的には、やっぱり医者の立場ではどうも……」

いかにも言いにくそうに、谷岡は言葉をにごしたが、ちょっと間をとって、ひらき直るようにぐいと顎《あご》をあげた。

「こうなると、どっちにしても奥さんの出産は考えられませんな」

「わかりました。家内に話してみます」

「実は、私はあなたの奥さんによっぽど嫌われちゃったらしいんです。私の外来担当日は水曜と土曜で、いままできちんきちんと週二度顔を出していたのにこの二週間来てません。私があんまりおろせおろせと言うもんだから……」

谷岡は白い歯をみせたが、不謹慎と思ったのか、すぐに厳しい表情になった。

「産婦人科のほうへも来てないようだし、心配だったので、あなたにご足労願ったわけです。率直に言って、一刻を争うことだと思います。なんとしても奥さんを説得してください」

「ご心配おかけしました。今度の土曜日に必ず寄こすようにします」

真理子の心情を思うと、新井は胸がふさがった。病院を替えたいと言った意味のことを、ちらっと真理子が口にしたことを思い出したのである。そのときは気にも留めなかったが、出産という遠大な計画を遂行するために、真理子なりに生命《いのち》がけで取り組んでいることが、新井にはよくわかるのだ。

新井はその夜、遅くまで真理子と話し合った。

「あなたは赤ちゃんが欲しくありませんの」

「もちろん欲しいよ。だけど、僕にはきみのほうがずっと大事だ。きみの生命《いのち》とひきかえにしてまで子供を欲しいとは思わない」

「私は大丈夫です。私よりもっと腎臓を悪くしてる人で、子供を育ててる人の話を聞きました。その方は透析を始めてる段階で、出産したそうです。もし、私があと五年か十年でこのまま死んでしまうとしたら、みじめ過ぎますわ。あなたに、なにも残してあげられないなんて。赤ちゃんは神様が授けてくださったんです」

真理子は眼をきらきらさせて、言った。

「きみは自分の病状がわかっているのか」

「ええ。透析をすることになるんでしょう」

「そうだよ。それで、どうやって育児ができる?」

「看護婦さんか家政婦さんに来てもらえばいいわ。お金が大変なら、この家を売って、社宅に入りましょう。母が残してくれた家を手放すのは辛いけど、子供のためなら母も納得してくれると思うの」

「お金のことはなんとかなる。そんなことより、きみは心臓も丈夫ではないそうだよ」

「谷岡先生はすこし大袈裟《おおげさ》なんです。産婦人科の池野先生は、谷岡先生さえ了承してくれれば、かまわないと言ってくださったんですよ」

「主治医の谷岡先生が絶対に出産は無理だと言ってるんだから、その判断に従わなければいけない。真理子、頼むから僕の言うことを聞いてくれ」

新井は、真理子の肩に手をかけて言った。

真理子は躰をゆさぶって、大きくかぶりを振った。

「真理子、この秋にニューヨークかトロントに行かされそうなんだ」

「あなた……」

真理子はなんともいえない顔をして、新井を見上げた。

「ロンドンから帰ってまだ一年にもならないのに、会社もひどいと思うが、仕方がない。なんとか、きみにも一緒に行ってもらいたいと思ってるんだ。だから、出産は諦《あきら》めてくれるね」

新井は、真理子の眼をじっとみつめた。

その眼をうるませながらも、真理子は懸命に笑顔をとりつくろった。

「私、がまんします。今度はひとりぼっちではないのですから、まえのように心細いこともありませんわ。赤ちゃんと一緒ですもの、頑張れます」

「本気でそんなことを言ってるのかね」

「はい」

真理子は大きなこっくりをした。

「人工腎臓の厳しさがわかっていないようだね。それに、自分の躰の状態ももっと真剣に考えてくれ。いま、きみがしなければならないことは、躰を大切にすることだ。出産は自殺行為に等しい」

「いいえ、私の躰のことは私がいちばんよく知っています。あなたは大袈裟に考え過ぎますわ」

こんな頑《かたくな》な真理子に接したことはなかった。新井はわれ知らずきつい語調になった。

「そんなわからないことをいつまでも言うなんてきみらしくないぞ。夫として、絶対に認めるわけにはいかないよ。もし、どうしても僕の言うことが聞けないんなら、きみに対する考え方を変えなければならない」

「あなた……」

と、真理子がなにか言いかけたが、新井は振り向きもせずにトイレに起《た》ち、そのまま蒲団《ふとん》にもぐりこんでしまった。

しばらくして、隣の寝床に真理子が入る気配がしたが、新井は背中を向けたままの姿勢で、寝入ってしまった。

真理子は輾転反側《てんてんはんそく》をくり返し、そして声を押し殺して、ひっそりと泣いた。ひと晩まんじりともせずに泣きあかして、真理子は気持ちを整理した。

あくる朝、真理子は新井が眼をさますのを待っていたように、敷蒲団の上にきちっと膝《ひざ》をそろえて座り、

「ゆうべはわがままを言ってごめんなさい。あなたのおっしゃるようにします」

と言って、お辞儀をした。

新井はあわてて、上半身を起こした。

「わかってくれたね。ありがとう」

真理子の健気《けなげ》さに、新井は胸が熱くなった。

真理子がどんな思いで一夜を過ごしたか、新井はわかるような気がした。はれぼったい瞼《まぶた》と充血した眼に、真理子の無念な思いがこめられているように感じられたのである。

真理子はたまらなくなって両掌《りょうて》で顔を覆《おお》った。嗚咽《おえつ》の声が一層、新井の胸をしめつけた。

新井はこれほど切ない思いをしたことはなかった。新井が光陵商事を辞めようと決心したのは、このときであったかもしれない。

3

新井が光陵商事を辞職して、サンライト電子工業に転職するつもりだと真理子に打ちあけたのは、真理子が搔爬したひと月ほどあとである。

真理子は反対した。

「あなたは、商社のお仕事がご自分に向いていると考えて、光陵商事に入社したのではなかったのですか」

「はじめはそうだった。しかし、海外に出かけて行くのがどうも億劫《おっくう》になってしまった。やっぱり日本がいちばんいいよ」

新井はたじろぎながらも、そんなことを言って、自分の気持ちをはぐらかした。会社から十月早々にニューヨークへ転勤の内示を正式に受けていたのだが、真理子を連れて行くことは避けるべきだと谷岡医師から申し渡されていたのである。

「私のことが気がかりなんでしょう。心配しなくても大丈夫です。私、ニューヨークに一緒に連れて行ってくださいなんて言いません。子供じゃないんですから」

「もちろん、きみのことは心配だけど、それよりも商社の仕事が僕の体質に合わないような気がしてるんだ。どんな仕事でも厳しいものだろうが、商社っていうのはとくに同僚間の足のひっぱり合いが激しいような気がする。気持ちが安まるときがないんだ」

「でも、十年以上も勤めたんですから、いまごろそんなことを言うなんておかしいわ。だいいち、勿体《もったい》ないじゃありませんか。サンライトという会社がどんなところかよく知りませんけど、もうすこし光陵商事で頑張ってみたらどうかしら」

「いや、僕の気持ちはもう決まっている。サンライトの池上社長から是非にという話で、これだけ見込まれたら、男として考えざるを得ないよ」

「男冥利《みょうり》に尽きることはわかりますけど、いちいちそれにおつきあいしていたら、あなたはまた転職しなければならなくなりますわ」

新井は、真理子が人工流産で深く傷ついていることをおもんぱかる気持ちが強かったが、逆に精神的に成長していることが汲《く》みとれてうれしかった。しかし、一層、真理子を一人にしておけないという気持ちが募った。

「浅岡化工のことをきみは憶《おぼ》えていると思うが、あのときも僕は不本意だった。きみにも辛《つら》い思いをさせてしまったが、ああいうやり方に心ならずも与《くみ》しなければならないというのも、実にやりきれないものだよ」

真理子は往事を思い出して、身につまされたのか、それっきり口をつぐんでしまった。

新井は、おまえを一人残してニューヨークに行くわけにはいかんのだ、と本音を洩《も》らしたかったが、それを言えば、真理子は意地になって反対するかもしれず、商社マン稼業《かぎょう》に厭気《いやけ》がさしたで押し切ったのである。人事部に事情を話せば国内勤務がつづけられる可能性のあることはわかっていたが、じめついているようで厭だったし、家庭的な理由などを持ち出せば同僚間でもの笑いのタネにされるだけのようにも思われた。私生活をなげうっても仕事に取り組むのがやり手の商社マンといった受け止め方がないでもなかったのである。しかも、ここいらで気持ちのうえでも区切りをつけてしまいたいと思いはじめると、光陵商事にとどまる意味がまるでないような気がしてくる。

新井は、池上夫妻の誘いを受けることにし、三浦や人事部長、機械本部長や多くの同僚の慰留を蹴《け》って、昭和四十五年の秋、光陵商事を退職した。

新井は光陵商事を退職した日の午後、挨拶《あいさつ》をしに副社長室に三浦を訪れた。三浦は怒り心頭に発し、「きみの顔はみたくもない」と、けんもほろろの受けこたえだった。

「副社長には大変お世話になりました。来年からサンライト電子工業という会社に就職することになると思います」

「サンライト……」

三浦はようやく机の前を離れ、ソファを眼で示した。

「サンライトとは妙な会社に入るんだね。もうすこし、まともな機械メーカーからスカウトされたのかと考えていたが……」

「パーツ・メーカーは地味な存在ですが、業界では一部上場の最大手と聞いています」

「しかし、どういう縁でサンライトに転職することになったのかね」

「サンライトにいる大学時代のクラスメートから池上社長を紹介され、是非にという話だったものですから」

「池上という人物はよくは知らないが、流行《はやり》の猛烈経営者だそうだな。若いカミさんをもらったり、その女が事業に口出しするとか芳《かんば》しからぬ噂《うわさ》を聞いたことがあるが、そんな男のどこが気に入ったのかね。成り上がり者で、一流の人物とはとても思えんがね」

三浦は、それでもくさし足らないのか、

「基盤の弱い新興企業はちょっと躓《つまず》いたら最後、坂道をころがるようなことになりかねない。あとで後悔するようなことにならなければいいがね」

厭味たらたらで、新井を辟易《へきえき》させた。

「池上社長は立派な人だと思います。夫人とも面識がありますが、なかなか頭の良さそうな人です」

「ふん、妾《めかけ》を直したような品の悪い女だろうに」

三浦は口もとを歪《ゆが》めた。

「どっちにしても、きみもよくよく変わった男だね。呆《あき》れてものも言えんよ。まさか私に、しっかりやれと激励してもらおうと思ってるわけでもあるまいが……」

「それでは失礼します」

新井は、これ以上三浦の愚痴めいた話を聞かされてもかなわないので、早々に退室した。

4

新井の辞職の噂をどこで聞きつけたのか、知人の仕事を手伝ってほしいと言ってきた先輩社員に、新井はびっくりした。

高橋というその男は、新井より四年先輩で繊維部に所属していたが、ニューヨーク支店に勤務していた時代に知り合った松村からいい人がいたら紹介してほしいと頼まれていたのを思い出したと言って、ある夜、新井の自宅に電話をかけてきたのである。

「とにかく、松村君に一度会ってみてくれないか」

高橋は強引だった。

「ほんとうは俺がくらがえしたいくらいなんだが、いまの仕事に未練があるんでね。躰《からだ》が二つ欲しいよ。給与《ペイ》がやけにいいそうだ。きみも知ってると思うが、松村という男はアメリカのエドワード社の日本事務所の代表をしている。この男とは俺がニューヨークにいたころ知り合った仲間だが、気のおけないいいやつで、いまだにつきあっている。帝商のニューヨーク駐在時代に、エドワード社にスカウトされ、商社マンを廃業したが、仕事のできる相棒をさがしているわけだ」

「エドワード社ならアメリカでも一流の化学会社ですから、僕も知ってますが、海外勤務が厭で商社を辞めるのに、外資企業でもないですよ」

「そりゃあ出張ぐらいはあるだろうが、東京事務所、つまりエドワード・ジャパンの副社長格で迎えたいっていうんだから問題ないだろう。月二千ドル出すっていうぜ。悪くないじゃないか」

「副社長なんて、僕にはとても無理ですよ。それにサンライト電子工業へ勤めることに決めてますから……」

「そんな吹けば飛ぶような会社なんかやめろよ。どうせ光陵を辞めるんなら、もっとましなところへ行ってほしいな。光陵の先輩としても、ぜひそう願いたい。売上高百億ドルのエドワード社なら相手にとって不足はないだろう。なんにしても俺の顔をたてて、松村君と会ってみてくれ。エドワード社なら君の得意の語学がものをいうし、いままでの経験もいかせるはずだ」

高橋は脈ありとみたのか、やけに熱心だった。

驚いたことには、その一時間後に松村から電話が入ったのである。

高橋さんから紹介してもらった者です、と聞いたとき、新井は反応の素早さに唖《あ》然《ぜん》とした。とにかく、高橋の手前もあるので、新井は、松村に会ってみようと思った。

「ぶしつけとは思ったんですがね。あなたが、どこか、よその会社に入ってしまう前にと思いまして」

松村は、親しげに言った。

顔も知らず、一度も話したこともない新井に対して、十年の知己のような口のきき方だった。

「電話ではなんですから、一度会ってくれませんか。早いほうがいいと思うんですが、あすの昼はどうでしょう」

「結構です。あした事務所のほうへお伺いします」

「そうしていただけるとありがたいですね。お互い顔を合わせたことがないから、私が出向かなければならないところをお呼びだてするようなことになってしまって、申し訳ないんですが……」

松村は、銀座のビルの所在を詳しく説明して電話を切った。

つぎの日、新井は松村を訪ねた。松村は、気さくな男で、テニスで焼き込んだという黒びかりした童顔をほころばせて、熱っぽく語りつづけた。

松村は帝商のニューヨーク駐在員だったころ、エドワード社にスカウトされ、エドワード社が東京に事務所を開設したときに、所長に就任したという。

その後、エドワード社の全額出資によるエドワード・ジャパンの設立と同時に代表取締役になり、事実上、エドワード社の極東地域の総支配人格の地位にあるという。

「新井さんはどうして光陵商事をお辞めになるんですか」

出し抜けにそう質問されて、新井は返事に窮した。

「私はね。エドワード社から誘われたとき、ずいぶん悩んだんですが、商社独特の仲間同士の足のひっぱり合いがいちばんかなわなかった。これは、あとからさがしてつけた理屈みたいな感じもありますがね」

新井は、松村の話に首肯できるものがあった。

「商社マンには三つのタイプがあるような気がしますね。一つは、いわゆるやり手の、仕事一途《いちず》みたいなタイプです。日曜日も含めて家で晩めしを食ったことがないという男を知っていますが、家庭をかえりみず、家は素泊まりのねぐらぐらいにしか考えない。仕事もできるが、話半分といいますけど、話三分の一ぐらいで、平気で嘘《うそ》もつく。

要するに権力闘争に首をつっこんでいくタイプです。二番目は、出世はしたいが、そこまで徹底できない、中途半端《はんぱ》なタイプです。おそらく、あなたも私もこのタイプだと思いますが、実はこれがいちばん多い。商社をリタイアするのはこのタイプがほとんどです」

松村はさらりと言ってのけ、厭味がなかった。

「私も含めて外資系の企業には、商社マンくずれがわんさといますが、おおむね、このタイプと考えて間違いないと思います。三番目は、はじめから出世など諦《あきら》め、しらけているタイプです。まてよ、数のうえでは、このタイプがいちばん多いかもしれませんね……」

松村は前言を部分的に修正してつづけた。

「与えられた以上の仕事は絶対にしようとしない。国内の支店に行けば、いくらでもお目にかかることができます。商社に限らず、サラリーマンの典型かもしれませんね。二番目のタイプもそうでしょうが、そうしてみると、世間でいう商社マンのイメージは、一のタイプに集約されてるのかもしれませんね。もちろん、一のタイプも、どこの企業にも必ずいるでしょうが、質量ともに商社の比ではないと思います。二番目のタイプにしても、商社と製造業では鍛え方が違うんじゃないですか」

「………」

新井は、しばらく松村の饒舌《じょうぜつ》にまかせていた。

「昔、私の同僚で、凄《すご》いのがいました。取引先で誰がキイ・マンか、本能的に見分ける力を持っていて、相手の経歴はもちろん、誕生日、趣味からウィークポイント、好みの女のタイプまで徹底的に調べあげて、どこを攻めれば落ちるかを的確につかんでしまうんです。正攻法がだめなら、搦手《からめて》から攻めるわけですね。シカゴの穀物相場で穴をあけて、その後、肝臓を悪くして死んじゃいましたが、人間、あんまりやり過ぎてもいいことありません。ほどほどがいいんでしょうかね。どっちにしても、商社の生存競争には私のような者は不向きと考えて、帝商をリタイアすることにしました。光陵商事さんは一流商社の矜持《きょうじ》と節度があったでしょうが、私は先輩社員のダーティな面をずいぶん見せられてますから、とてもいかんと思って逃げ出しました。常務だ、部長だという連中が勝手放題をして、アンダー・ザ・テーブルでサヤを稼ぎ私腹を肥やしているんですから、ひどいもんです。役員同士が弱味をにぎり合って、それで均衡を保っているようなあんばいで、役員会なんて慣れ合いの場でしかなかった。手前味噌《みそ》になりますが、商社からドロップアウトした者には、そういうのは少ないと思いますね」

商社のダーティな面も含めて、松村の話には誇張があるにしても、新井にもうなずける点がないでもなかった。

「しかし、商社マン民僚論については、松村さんはどう考えますか」

「そう思い込んでるのもいるでしょうが、独りよがりで、すくなくとも私にはとっても民僚なんて感じは持てませんでしたがね。民僚だったら、もうすこしクリーンじゃなければおかしいですよ」

「その点、光陵商事とちょっと違うかもしれませんね。民僚づらしている者が結構いましたよ」

話がすこし途切れたが、松村がさっきの話をむし返した。

「うちには商社からも製造業からもはじき出されてきた者がいますが、どっちも二のタイプなんでしょうけれど、それでも商社マンくずれのほうが圧倒的に仕事ができますね。眼の色が違うという気がします。新井さんも経験的におわかりでしょう。商社で揉《も》まれてきた者にとって、メーカーなんてちょろいものでしょう?」

新井は黙って苦笑していた。

「商社にくらべれば、外資系企業なんてちょろいものです。ワールド・エンタープライズといわれるアメリカの大企業の手先になって、ちまちまやってるようで、最初はなんだか都落ちしたような気がしましたが、なあに、開放経済の世の中で、妙なナショナリズムはかえって持たんほうがいいです」

「私は、化学の知識はまったくありません。とても務まらないと思いますが」

「そんなことは関係ありません。新井さんがかつて光陵商事の社員で、ロンドンに四年も駐在した。しかも東大を出ている、それだけのキャリアがあれば文句のつけようがありません。ただ、一年ほど、アメリカの本社で研修を受けていただきます。条件はそれだけです」

「一年も……」

新井は、気持ちがいくらか動きかけていたのに、しゅんとした声になった。

「たった一年ですよ。なにか不都合でもありますか。一年が永すぎるようなら多少の短縮は可能ですが」

途端に元気をなくした新井の様子に、松村は怪訝《けげん》そうな顔をして、言葉を添えた。

新井は後日また訪問することを約して、松村と別れた。食事を誘われたが、断ってまっすぐ家に帰った。

たった一年、と松村は言ったが、真理子を独りにしておけるわけはない、と新井は思った。松村とならうまくやれそうな気もしたが、これでは断るほかはなかった。二千ドルの月給に眼がくらんだわけではなかったが、サンライトと天秤《てんびん》にかけるようないやしい気持ちがいけないのだ、と新井は自分の胸に言いきかせた。

第五章 抜《ばっ》擢《てき》人事

1

十月三十日付で光陵商事を退職した新井治夫は、当時サンライト電子工業の財務課長であった本明勝に電話でその旨《むね》を報告し、来年からサンライトに就職する意思のあることを伝えた。

「本気かいな。そいつは驚きだ。俺はおまえをスカウトすることは到底無理だと思ってたんだが……」

「池上社長があんまり熱心に誘ってくれるんでね」

「おやじは強引だからな。情にほだされたというわけか。とにかくおやじに伝えておこう。喜ぶだろう。なんせ新興企業で、人材が不足しているから、おまえに来てもらえれば俺も助かる。いろいろ手伝ってもらいたいこともあるからな」

本明は、新井が真っ先に自分に連絡してきたことで気をよくしているらしく、声に張りがあった。本明はすぐに社長室に走った。

「社長、喜んでください。私も必死にくどいた甲斐《かい》がありました。新井が来年から当社に来てくれるそうです」

「そうか……」

池上は椅子《いす》から起《た》ち上がった。

「よくやった。親友のおまえの顔をたててくれたわけだな。わしも、ワイフもずいぶん一生懸命頼んだつもりだが、なかば諦《あきら》めてたんだ。それで、光陵商事のほうはどうなってるんだ」

「十月三十日付で辞表が受理されたそうです」

「なんだ、もう辞めたのか。それで、来年というのはどういうことかね」

「光陵の垢《あか》を落として、骨休みしようということじゃないでしょうか」

「そら、いかん。いい若いのが骨休みもくそもあるか。明日の朝、早速、出社するように連絡をとってくれ。気の変わらんうちに入れてしまわんと……。いますぐに電話せい」

池上は、本明を追い立てるように言った。

本明は自席へ戻って、逗子の新井宅へ電話を入れた。

「すまんが、明日の朝、会社に顔を出してくれないか。おやじが是非会いたいそうだ。なんせ、せっかちなんでね」

「そう。じゃあ、十時ごろにでもうかがおうか」

「できたら、もっと早いほうがいいな。八時には出社してる人だから」

「八時というわけにはいかないが、九時ということでどう」

「結構だ」

本明は、新井のスカウトにさほど熱心なほうではなかったが、いまとなっては、新井を引っぱってきたのが、自分であることを社内に周知徹底させておいたほうがあとのためにもなると、素早く計算したようだ。池上の態度にもあらわれているように、それはひとつの功績になるはずだった。

本明は、新井をスカウトしたのは俺だ、と社内で吹聴《ふいちょう》した。たしかに、本明流に言えば、ロンドンの新井に手紙を出して池上夫妻に引き合わせ、新井のサンライト入りの機会をつくったのは本明自身なのだから、〈俺がスカウトしたも同然〉という理屈は成り立つ。

新井は十一月一日に遡及《そきゅう》してサンライトに入社し、その月の十五日から出社した。

新井がサンライト電子工業に初出勤した日の朝、社長の池上は本社の大会議室に課長以上の幹部を集めて、新井を紹介した。

「光陵商事の超エリートで将来が約束されているにもかかわらず新井君が、わしのたってての希望をかなえてくれ、わが社に来てくれることになった。新井君は財務課長の本明君と大学のクラスメートで、本明君も助太刀《すけだち》してくれたが、わしの熱意が新井君の気持ちを動かしたのだとわしは思うとる。実を言うと、新井君を最初に見染めたのはワイフのほうで、一年前ロンドンに旅行したとき、新井君にひとかたならぬ世話になったが、そのときから新井君の人柄に惚《ほ》れこんで、マークしてたようだ。女の一念というか、執念というか、わしがたじたじとなるほど、わしのけつを叩《たた》いて新井君をなんとしてもスカウトしろと迫られ、実際往生したが、まさか新井君に来てもらえるとは思わなかったので、わしは大いに感激しておる。ロンドンから新井君が帰国して、光陵商事の本社勤務になってから、ワイフも何度か直接《じか》に新井君に会って、波状攻撃をかけたようだ。のろけるわけではないが、わしら夫婦のチームワークのよさで、貴重な人材にアタックできたのだと思う。わが社も人材は豊富であり、英語が話せるのもいるが、新井君のイングリッシュは、ひとあじもふたあじも違う。これからの国際化時代に、一流商社で鍛えた新井君の洗練された国際感覚がわが社でも大いに威力を発揮してくれるとわしは確信している」

池上の持ちあげぶりに、新井は耳たぶのあたりまで赤く染め、池上に挨拶《あいさつ》するように促されて壇上に向かったとき、舌がもつれて、出だしをとちったほどうわずっていた。

「池上社長から過分なお言葉をいただき恐縮しております。穴があったら入りたい心境です。エリート商社マンどころか落第生で、お役に立てるかどうか心配ですが、皆さんの足手まといにならないように一生懸命頑張りたいと思います。よろしくご指導ください」

新井は深々と頭を下げて、降壇した。

拍手がなりやんだところで、池上は満面に笑みをたたえて、新井と入れかわりに登壇し、

「人間、謙虚であることも大切だな。わしも新井君を見ならわねばならん」

と、みんなを笑わせ、

「右側のはじから、起立して自己紹介せい」

と、命じた。

「水上です。よろしく」

専務の水上が起立して照れ臭そうに言うと、池上は、

「ちゃんと肩書きまで言わなければいかん」

と、注意した。

十人ほど自己紹介がすすんだところで、思いのほか時間をとられることに気づいた池上は、腕時計を見ながら、

「もう、そのへんでよろしい。おいおい憶《おぼ》えたらいいだろう。みんな忙しいのにご苦労だった」

と、一方的に散会を宣した。

たしかに百人以上もいる本社の管理職がいちいち自己紹介してたら、時間のロスで仕事にならないことはたしかだが、恣《し》意《い》的に自己紹介させたり、とりやめてみたりするところに、池上のワンマンぶりが出ていた。それを新井に強烈に印象づける結果になった。

もっとも、たかが青二才を紹介するにしては、仕掛けが大袈裟《おおげさ》過ぎると新井は思っていたので、散会になってほっとしたようなあんばいだった。

「今夜、ワイフと二人で一席設けるからあけといてくれ」

と言って、池上が大会議室から出て行ったあとで、本明が近寄ってきた。

「わが社始まって以来の一大イベントだったな。新興企業だから、これまでにも中途採用はいくらでもあったが、役員でもこんなすごいのはなかったよ」

本明はいかにも皮肉っぽく言って、新井の肩を叩いた。

「まったくびっくりしたな。恥ずかしくて、社内を歩けないよ」

「まんざらでもないだろう。おやじはそれだけおまえに期待してるってことだから、結構なことじゃないか」

「あとで、こんなものかとがっかりされるのもかなわんね」

「ま、頑張ってくれ。いずれめしでも食いながらゆっくり話そうじゃないか」

本明は、先輩社員の威厳をとりつくろうように胸をそりかえらせて言った。

その日の夕方、新井は池上の乗用車に同乗するように言われ、赤坂の料亭に連れて行かれた。

「本明君は……」

新井は、ぶしつけとは思ったが、気になっていたので、訊《き》いてみた。

「わしも、本明を誘ってやろうと思うとったが、ワイフがきょうはわしらだけでいいって言うんでな」

「そうですか」

新井は、熱いおしぼりで手を拭《ふ》きながら、ロンドンで池上夫妻をアテンドしたときのことを思い出しながら、池上社長にとって、唯一《ゆいいつ》の泣きどころは、夫人の恵美子の存在ではないかと考えていた。

ほどなく、恵美子が顔を出した。深紅色のスーツが眼に痛いほどあでやかで、恵美子の疳《かん》高い嬌声《きょうせい》と相俟《あいま》って、座敷の中はたちまちなごやかな空気が漂った。

サンライト電子工業の役員、社員から女帝と恐れられている池上恵美子は、女子大出の才媛《さいえん》で、片言《ブロークン》だが英語も話せる。池上の旧制専門学校時代の先輩の娘で、早くに父親を亡《な》くし、銀座のバーでアルバイトをしているときに偶然、池上と邂逅《かいこう》したのである。池上は、恵美子を銀座の水が滲《し》み込まないうちに足を洗わせ、秘書に使った。

アルバイトとはいえ、銀座で働いていたにしては信じられないことだが、恵美子はバージンであった。それは池上をして有頂天にさせるに充分で、彼は恵美子を溺愛《できあい》した。彼女の秘書時代は三年に過ぎなかったが、そのころすでに誰いうともなく〝女帝〟の異名が冠せられ、ファッション企業やゴルフ場の経営に乗り出すようになってからも、その女帝ぶりは随所に発揮されてきた。

恵美子はほぼ十年間、池上の二号に甘んじていたが、先妻が心臓病で急死するのを待っていたように、池上は恵美子を籍に入れた。池上の女房役でもある水上専務がせめて一周忌が過ぎるまで待っては、と進言したが池上は聞き入れなかった。

「新井君、ほんとうにサンライトに入ってくれたのね。おとうちゃまから話を聞いたとき、かつがれてるのかと思ったけど、きょうこの席へ来てくれたんだから間違いないわね。ほんとうに、ありがとう。よく思い切ってくれました」

恵美子は嫣然《えんぜん》とほほえんで、新井のグラスにビール瓶をかたむけた。

年輩の仲居が、池上と恵美子のグラスにビールを満たした。

「さあ、乾杯といこう」

「おめでとう」

「ありがとうございます」

池上、恵美子、新井は口々に言って、ビールを乾《ほ》した。

「ところで、新井君のポストは決まったの」

「いや、あすにでも人事担当常務と人事部長に相談しようと思っとるんだ。きみはなにか希望はあるかね」

池上が、恵美子から新井へ視線を移した。

新井は、即座に、

「とくにありません」

と、こたえたものの、あわてて補足した。

「海外勤務はロンドンの三年半で懲《こ》りました。本社勤務にしていただきたいと思ってます」

「ほう、そうかねぇ。海外へ出るのはきみの性に合ってると思っとったがな」

「いいえ。国内のほうが気が楽です」

「もちろん、きみのような人材を海外に出しっぱなしにしようとは思わんが、出張ぐらいはかまわんのだろう」

「はい」

新井はやっと気持ちがほぐれた。池上のもくろみが新井の海外勤務にあるとしたら、なんのために光陵商事を辞めたのかわからなくなる。そう思って新井は緊張したのだが、どうやらそれは杞憂《きゆう》に終わったようである。

「きみなら企画でも営業でもなんでもこなすだろうが、わしは企画をやってもらいたいと考えている。おいおいわかってくるだろうが、海外事業が手薄で、出遅れているが、こいつをなんとか軌道に乗せたい。輸出に力を入れ始めたところだが、これからは開放経済の世の中で、海外へ資本進出することも考えなければならん。わしは、きみに企画部で海外計画に取り組んでもらいたいと思うとる。そんなところでどうかな。

わしは外国へ行くのは苦手だが、そんなことをいって日本に閉じこもっていたんでは、サンライトの大きな発展は期待できん。わしは大いに反省しとるんだ。わし自身、新井君に来てもらったのを機会に、海外へもなるべく出かけるようにせなならんと決意を新たにしとるところだ」

「………」

「さっきも言うたが、きみを外国の特定のどこかに張りつけるような効率の悪い使い方はせんが、せいぜい出張ぐらいはわしにつきあってもらいたい」

「わかりました。企画関係の仕事はやりたいと思ってたところですから、願ってもないことです」

新井は力をこめて言った。

出張が多くなるのはあまり歓迎できないが、そのくらいは仕方がない。サンライト電子工業の海外事業を俺の手で育ててみせる。新井はそんな気概が胸の中に漲《みなぎ》ってくるような気がしていた。

恵美子が口をはさんだ。

「社長付ということにして、当分おとうちゃまの特命事項を担当させることにしたらどうかしら。もちろん、課長待遇よ。いや、課長待遇じゃ気の毒かな。本明が課長なんだから」

「いいえ、私の年齢では課長でも早いと思います。課長代理でけっこうです」

「なに言ってるの。遠慮することはないわ。無理を言って来てもらったんだから、破格の待遇をするのは当たり前ですよ。ねえ、おとうちゃま、そうでしょう」

「まあ、はじめのうちは課長でがまんしてもらおうか」

「そうね。すぐに抜擢《ばってき》するようにすればいいわね」

恵美子はすぐに引き下がったが、

「社長付というのはグッドアイディアでしょう？」

と、池上の顔を覗《のぞ》き込んだ。

「そうだな。早いところ会社の雰囲気に慣れてもらうためにも、いいかもしれんな。とりあえず、秘書室に机を置くとするか」

「それがいいわ。来月のアメリカの出張にはさっそく新井君に、秘書兼通訳で一緒に行ってもらったらどうかしら」

「わしもそれを考えてたところだ」

池上は、そうこたえて、新井のほうに向き直った。

「アメリカの取引先に招待されとるんだが、ついでにアメリカとカナダの電子部品《パーツ》の市場を見てきたいと考えとる。ワイフも一緒だが、新井君、どうかね。二週間ばかりだが、その間にいろいろ、わしの知識も伝授しようじゃないか」

「はあ」

新井は、ぎこちない返事をして、ビールを乾した。できたら断りたいところだが、社長命令とあらば、従わざるを得ない。それにしても、いくらオーナー社長とはいえ、こんなことでいいのだろうか、という疑問がわくそばから、恵美子にさらに追いうちをかけられて、新井はすっかり考え込んでしまった。

「新井君、いいわね。決めたわよ。これからきみには個人的にもいろいろ手伝ってもらいたいことがたくさんあるの。サンライトの社員であると同時に、私のアドバイザーにもなってちょうだい。たよりにしてますからね」

新井はそっと、池上をうかがったが、池上はにやにやしながら、料理に箸《はし》をつけていた。

ビールから、ブランデーになり、恵美子の酒の強さに、新井は驚かされた。

2

新井は、企画部で保存しているスクラップ・ブックや家電関係の専門誌、業界紙などを貪《むさぼ》り読み、経済誌などにも眼を通すようにして知識の吸収に努めた。

そして、サンライト電子工業の輪郭をつかみとった。

サンライト電子工業は、家電ブームの波に乗って急成長を遂げた企業である。UHFチューナー、VHFチューナーなどのテレビ部品を主力製品として、FMチューナー、カーステレオ、カーラジオ、磁気ヘッド、ボリューム、スイッチ、バリコンなどを幅広く手がける総合電子部品メーカーである。

松下、ソニーなどの栄光の陰に隠れて、パーツ・メーカーは地味な存在だが、パーツ・メーカーの存在を抜きにして家電産業の発展は考えられない。いわば家電メーカーは、パーツ・メーカーの上に成り立っているということができる。たとえば、カラーテレビの必要部品は約三千個とされているが、テレビ向けに限らず電子部品の種類は厖大《ぼうだい》な数にのぼる。世界一といわれる日本の家電産業だけあって、パーツ・メーカー数も五千社を超す。

もちろん、ピンからキリまで、その規模、形態は千差万別である。小は個人営業的な単体部品メーカーから、大は複合部品、ユニット部品を扱う総合部品メーカーまで、種々さまざまだが、サンライトはいうまでもなく後者であり、最大手格である。昭和四十四年度の実績で、年間売上高は約五百億円、資本金二十億円、従業員約三千人、株式は東証二部から一部に昇格した直後だが、二割以上の高配当を維持しており、株価も千円台をキープしている優良企業だ。本明が入社した三十三年当時の売上高はわずか二十億円に過ぎなかったのだから、十年で二十五倍の高度成長ぶりを示したことになる。

新井は、有価証券報告書や財務諸表などにも丹念に眼を通した。その結果、自己資本比率が日本の企業の中ではずば抜けて高く、短長期の借入金はわずかで、新井が予想していた以上に、財務内容の充実している企業であることが見てとれた。強いて問題点をあげるとすれば、池上も指摘していたとおり輸出のウエイトが低く、海外戦略に遅れをとっていることだろうか、と新井なりに判断した。

入社後、一カ月にも満たない新井が社長夫妻に随行して渡米するというニュースは、サンライト電子工業の社内にさまざまな反響を呼んだ。それだけ仕事ができるなら仕方があるまいと一目置くタイプと、仕事に自信を持つあまり競争心をかきたてられるタイプに分けることができるが、新井に対する同年輩の社員の反応は総じて好意的だった。

新井にとって、米国出張は得るところが多く、見聞をひろめ、知識をつめこむことができたし、旅行中のディスカッションを通じて、海外戦略に取り組まねばならぬといった意識が池上の頭の中でさらに明確になっていくなど、成果も少なくなかった。

しかし、反面、本明との関係が微妙に変化し、気まずくなっていた。新井がアメリカ、カナダをまわって帰国した翌日、土産のつもりで洋酒を本明のもとへ届けたところ、本明は変によそよそしく、前夜、真理子が気をきかせてデパートの包装紙につつみなおした化粧箱入りの洋酒の瓶を新井の前で裸にして、

「俺はこんなもの飲まんから、きみにやろう」

と、にこりともしないで、そばにいた部下の課長代理にくれてしまったのである。

あてつけがましい本明の態度に新井はばつの悪い思いをしたが、本明の気持ちがわからぬでもなかった。

〈十二年も遅れて中途入社した新井がいきなり課長待遇の社長付という破格の扱われ方をされ、しかも入社早々海外出張に連れて行くとは、池上もあんまりではないか。それを辞退せずに喜んで受けている新井も新井だ〉

本明は内心おだやかではなかった。同期入社組では課長代理がほとんどなのだから、新井も当然そうあるべきだと考えていたのである。

もっとも本明は、いくら新井がじたばたしても、十二年の実績の重みはそう簡単にちぢまるものではない、とたかをくくる思いがないでもなかった。事実、本明は、財

務課長になってからは株式の時価発行増資を池上に進言し、財務体質の改善、強化に貢献したし、企画課長代理の時代にも関西地区に工場を建設するさい土地の買収、自治体との折衝などで辣腕《らつわん》をふるい、サンライトの発展に少なからず寄与した、という自負もあった。

〈赫々《かくかく》たる実績の前には、新井がいくら逆立ちしたって俺の足もとにも及ばない〉

そう本明は信じて疑わなかった。

関西地区進出に際しては、地方自治体の役人を買収するような離れ業もやってのけた。すべては、出世のためであり、権力の座に一歩でも近づくためであった。本明が同期の入社組より三年も早く課長に昇進できたのは、その力量が池上に買われたからにほかならない。

新井はほどなく企画部付課長に任命され、海外事業を担当させられることになった。池上は、アメリカへ資本進出して、西海岸にパーツ工場を建設する計画を立案するよう新井に命じた。

米国市場へ本格的に打って出るためには、一挙に資本進出するほうが得策だと池上は判断したのだが、同業他社に比べて対米輸出で遅れをとっているというハンディを取り戻すためには、この程度の冒険は仕方がなかろうという池上の意見はもっともなことといえた。

ただ、資本進出の形態、方法論をめぐって、池上と新井は意見が対立した。

池上は、サンライト電子工業の一〇〇パーセント出資による現地法人を設立して、パーツ工場を建設する計画を強引に推進しようとしたが、新井はそれに異論を唱えたのである。

新井は、オーナー社長の意見に反対したところで逆転することは考えられないとわかっていても、現地資本と折半出資による合弁方式《ジョイント・ベンチャー》が妥当ではないかと主張した。

「サンライトのネームバリューはアメリカにおいても決して過小評価されているわけではないと思います。良質の現地資本をピックアップすることはそう難しいことではありませんし、サンライトはいわば売り手市場で、サンライトとの提携を希望するアメリカの家電メーカーはいくらでもあると思います。ジョイント・ベンチャーを設立し、サンライトはパーツのノウハウを提供するというあり方が最も安全だと考えます。提携先は、できればユーザーである家電メーカーが望ましいと思いますが、この選択の作業は商社機能を活用してもいいのではないでしょうか。私の乏しい経験からしても、誇り高いアメリカ人が黄色人種の日本人に使われるということに相当な抵抗感があるようですから、五〇《フィフティ》—五〇《フィフティ》のジョイント・ベンチャーで、経営は極力向こうにまかせるというかたちをとったほうが事業をスムースに展開できると思うのです」

企画会議で新井は、〝この新参者が〟といったいわくありげな視線を浴びながらも積極的に発言したが、新井の意見は池上の容《い》れるところとならなかった。

「ジョイント・ベンチャーなどと手ぬるいやり方ではいかん。ヤンキーをわれわれが牛耳るというのも悪くないじゃないか」

池上は、サンライトが国内で相当な利益を計上し、気を吐いているだけに、あくまでも強気だった。

新井はサンライトへ入社して半年の間に三度、アメリカへ出張した。そのうち二度は池上夫妻に随行し、一度は担当常務の岡本に同行した。

サンライトUSAは強引なスタートを切ったが、工場操業開始後二年間で、債務超過で動きがとれなくなるほど惨憺《さんたん》たる結果に終わった。輸出品との過当競争もさることながら、根本的には日本人経営者に対する米国人従業員の反発、反感が強く、士気《モラール》の低下が生命《いのち》取りになったとみることができる。〝サンライト電子工業が米国へ上陸〟〝一〇〇パーセント資本進出〟と一流紙の経済欄を飾り、池上が得意の絶頂にあったのは三年前だが、いまやサンライトUSAは本体の経営の足をひっぱるほど深刻な事態に追い込まれていたのである。

池上は遅ればせながら、アメリカの大手家電メーカーの出資を求めるべく折衝するよう指示し、米国駐在のサンライトUSAの社長以下の幹部が工作を始めたが、乗り気をみせたところは減資などの厳しい条件をつきつけてき、到底話はまとまりそうになかった。池上が国際電話でサンライトUSAの幹部を呼び出して髪振り乱して叱咤《しった》激励している場面に接したことがあるが、新井は自分が責められているようでやりきれなかった。新井は、サンライトUSAが操業を始めて二年目には、米国から撤退すべきだと進言していたが、池上は「これしきのことで、あわてることはない」と言って、とりあわなかった。

しかし、サンライトUSAは三年目に入っても好転の兆《きざ》しは見えず、赤字を積み増しする一方で、さすがの池上も焦《あせ》りの色を濃くし、ついに撤退を決意するに至った。サンライトUSAはロスアンゼルス近郊の工場を電機メーカーのゼネラル社に売却し、ゼネラル社とあらためて秘密保持契約および技術援助契約を締結、これに基づいて、向こう十年間、改良技術をサンライトがゼネラル社に供与することになったのである。もちろん、サンライトは一定料率のロイヤリティをゼネラル社から受け取る仕組みになっていたが、それにしても米国への資本進出は完全に失敗に終わったといえる。サンライトUSAの残務整理のために、新井は二カ月近くロスアンゼルスに滞在したが、辛《つら》い二カ月間であった。

サンライトＵＳＡの失敗によって、羹《あつもの》に懲《こ》りて膾《なます》を吹くような結果になりはしないかと、新井は気遣ったが、元来が戦闘的な池上は決して臆《おく》することなく、強気な姿勢をくずさなかった。

米国への資本進出と並行して、台湾、韓国、シンガポール、プエルトリコなどの発展途上国に、サンライト電子工業はつぎつぎに拠点を築き、単独で、あるいは現地企業との合弁方式によってパーツ製品の生産をするようになっていたが、いずれも予想以上に順調な業績をあげていた。サンライトＵＳＡの負債を相殺《そうさい》して、なおあまりある利益を海外事業で計上することができたのである。

その後、昭和四十八年末から四十九年にかけて襲来した石油危機《オイル・クライシス》後の消費者の買い控えによって、テレビ、ステレオなどの大型耐久消費財の需要は極度の不振に陥った。家電メーカー各社は、カラーテレビなど主力製品の在庫調整のため、減産を強化し、この影響で電子部品メーカーの売上高も激減した。サンライト電子工業も五十年三月期決算で前期比三五パーセントもの減収となり、初めて赤字決算を余儀なくされた。しかし、五十年夏ごろから輸出市場の活況と相俟《あいま》って電子業界は好況に転じ、サンライト電子工業の赤字決算は、ごく一過性のものにとどめることができたのである。

五十年十月、企画部から海外関係の仕事を分離し、各営業部に付随していた輸出部門も併せて海外事業部として発足したとき、新井は一足飛びに部長に抜擢《ばってき》された。そして本明も総務部長に昇進、二人とも四十歳の若さで異例の出世と社内でもてはやされた。

3

その年の十月中旬の日曜日、新井と本明は、池上恵美子にゴルフに招待された。池上堅太郎は風邪ぎみということで、三人で埼玉県川越市の近郊にあるゴルフコースを廻ったのだが、そのコースは、恵美子が経営しているコースであった。恵美子が二人の昇進祝いを兼ねて、誘ってくれたのだが、小春日和《こはるびより》の絶好のコンディションに恵まれたにしては、新井にとってさほど楽しいゴルフではなかった。新井と本明のゴルフの腕前は格段の差があったが、負けず嫌いの本明はスクラッチでよいと言い張り、そのくせ勝負にこだわって、負けが込んでくると眼を血走らせて口もきかなくなる。

午前中のハーフをあがって、食事を終えたあとで、

「本明君が新井君と同じ十八のハンディではヘビイだね。十くらいはもらわなくちゃあ。私も五つあげよう」

と、恵美子がハンディの変更を申し出たが、本明は首を振った。

「けっこうです。きょうは調子が悪いんです」

「きみも意地っぱりだね」

恵美子は、口惜しそうに顔を歪《ゆが》める本明にそう言って、本明を無視するような態度で新井と話し始めた。

「ロンドンでずいぶん腕をあげたみたいね。あのときはたしか私がチョコレートをもらったんじゃなかったかしら」

「そうでしたね。ずいぶん久しぶりのゴルフなんですが、きょうは調子がいいみたいです。パートナーにめぐまれたせいでしょうか。それにコースも良いですし……」

新井がちらっと本明に眼を配って言うと、恵美子はげらげら盛大に笑った。

「それ皮肉のつもりでしょう。でも新井君にコースを褒めてもらえたのは、悪い気はしないわ」

「オープンしてまだ二年目にしては、芝生のつきもいいですし、これからもっとよくなりますよ」

「ありがとう。どう、このコースの会員になるつもりはない」

恵美子が新井の顔を覗《のぞ》き込んだ。

新井は、呆気《あっけ》にとられて、口に運びかけたコーヒーカップをテーブルに置いた。

「そろそろ五百万円で第二次募集を始めようかと思ってるんだけど、きみなら特別に一次の三百万円にしといてあげるよ。実を言うと、一次の枠がまだわずかだけど残ってるのよ。きょう、ここへ来たのは実地検分をしてもらいたかったからなの」

「………」

「きみも部長になったんだから、ゴルフ場の一つぐらいメンバーになってたっておかしくないでしょう。サンライトの部長以上で、このコースに入会してないのは、あんまりいないよ。いずれ値上がりするのはわかってるから、みんな誘ってあげたんだけど、西村常務なんかクラブも振ったことがないのに会員になってる。おとうちゃまの顔の利《き》くところは、ほとんど法人で会員になってもらってるけど、みんなけっこう喜んでくれてるわ」

そのときタイミングよく、恰幅《かっぷく》のよい年輩の男が恵美子のそばに近づいて来て、

「池上さん、その節は」

と、丁寧に挨拶《あいさつ》した。

恵美子も椅子《いす》から起《た》って、会釈《えしゃく》を返した。

男がクラブハウスから立ち去ったあと、恵美子が取引先のメーカーの名前と男の姓

名を告げて言った。

「あそこなんか、法人で八人も入ってくれたけど、利用度が高いから、すぐ元を取っちゃうよ。もちろん、法人といっても無記名じゃないけど……」

新井は、恵美子が実業家で商売熱心なことは理解できたが、蓮《はす》っ葉《ぱ》な女にみえて、好感がもてなかった。

かつて沙翁《しゃおう》劇を息を詰めるようにして観劇していた同一人物とは到底思えなかったし、部長昇進のお祝いのはずのゴルフなのに、こんな下心があるんなら、受けるべきではなかったと悔やまれたほどだ。

「悪いことは言わないから、入りなさい」

恵美子が高飛車に言ったとき、本明が自己の存在を主張するように、断固とした口調で言った。

「私は入れていただきます」

「そう。そうしてもらうとありがたいわ。じゃあ、新井君もいいわね」

恵美子は、本明と新井にこもごも眼をやって、にんまり笑った。

新井はどっちつかずに苦笑いを浮かべ、冷めたコーヒーを飲んだ。

その後恵美子から催促の電話を受けたが、新井ははっきり断った。

「本明が入会してあんたが入らないなんてあべこべじゃないの。そんなに三百万円が惜しいんなら私が出してあげるから、入りなさい」

疳《かん》走った恵美子の声を聞いていると新井はいよいよ気が滅入《めい》ったが、えげつない恵美子の言いように多少意地になって、新井は拒否しつづけた。

「きみがどうしても厭《いや》なら、光陵商事の人を紹介しなさいよ」

「紹介するのはけっこうですが、なんだか乱暴な話ですね。奥様らしくないと思いますが」

「あんたも言いたいことを言うのね。あんたにそう言われたことをよく覚えておくわ」

さすがに諦《あきら》めたらしく、恵美子は凄味《すごみ》をきかせて、電話を切った。

新井は、あのとき断るのもカドが立つので、恵美子の招待を受けたが、実はゴルフどころではない心境だった。

真理子の容態がはかばかしくなかったのである。真理子が透析治療を始めてからすでに四年が経過していた。当初は週一度だったが、それが二度になり、いまでは三度通院して、透析治療を受けていた。数時間にわたってベッドに躰《からだ》を横たえて、透析器《ダイアライザー》によって体液中の水分、老廃物などを除去する腎《じん》透析治療を受けているが、この人工腎臓のお陰で、尿毒症にならず命をながらえている。真理子は高血圧で心臓も弱いため、新井は医師から一年ほど前に五年以上、生命を保証することは難しいと宣告されていた。

そして、五年目の昭和五十三年の春を迎えた。新井がサンライト電子工業に入社して足かけ九年が経過していたが、新井はその五年目を迎えて緊張し、一日たりと心の安まることがなかった。新井は、真理子の様子を注意深く見守っていたが、顔色のすぐれないのはやむを得ないとしても、死期が迫っているほど病勢が進行しているとは思えず、医師の見立て違いではないか、とひそかな期待を寄せていたのである。

もちろん、真理子は、新井が谷岡医師から「五年以上は保証できない」と言われていることなど知ろうはずがなかったから、透析治療さえ受けていれば心配はない、と考えていたとしても不思議ではなかった。

新井は三月中旬に一週間ほどブラジルに出張したが、真理子が気がかりで毎日、ホテルから逗子の家に電話を入れて、真理子の声を聞いてはほっと胸を撫《な》でおろしていた。

サンライト電子工業は順調に業績を伸ばしていた。五十三年度の売上高は、対前年度比二〇パーセント増の一千三百億円と見込まれ、インフレ要因を考慮する必要はあるが、それにしても、この十年足らずの間に売上高が二・五倍強に拡大したことになる。

とくに海外事業部門の収益率は高く、サンライト全体の利益に占める割合は五割を超えていた。新井は池上社長の信任も厚く、海外事業部長職を無難にこなしていた。そのころ、本明は人事部長になっていた。

社長夫人の池上恵美子は、池上堅太郎を通じて人事に介入し、経営にも口出しすることが多かった。当然、サンライト電子工業の社内には恵美子の顔色を窺《うかが》う者が出てくるが、新井は極力距離を置き、超然と構えていた。

そんな新井を恵美子は小づら憎く思ったのか、あるいはどうしてもなびかせたいと考えたのか、自分の経営している会社に出向させることを思いたった。もっとも、経営難に陥っている会社をなんとか建て直すために、新井の手腕に期待して新井に眼をつけたとみることもできた。その後の恵美子の新井に対する接し方をみるかぎり、むしろそう素直に解釈したほうが当たっていたかもしれない。

第六章　ライバル

1

きりっとしまった新井の表情が一瞬翳《かげ》った。切れ長の眼を伏せて、考える顔になった。

　人事担当常務の西村秀雄《ひでお》は、指の間でふすぶる煙草《たばこ》の灰を灰皿に落として言った。

「まあ、長くても二年だと思います。社長夫人のたってのご依頼ですから、よろしくお願いしますよ。人員整理といっても、わが社の社員を対象にやるわけではありませんん。その点は気が楽でしょう」

　誰に対してもさんづけで呼ぶのはいいとしても、妙に丁寧なものいいはひどく耳ざわりに聞こえることがある。いまの新井にはその思いが強い。

「社長夫人が個人的に経営している会社とわが社は、基本的にはなんの関係もないはずですね。そこへ出向しろというのは筋道がたたないように思います。そんな尻《しり》ぬぐいみたいなことをどうして私がしなければならないのでしょうか」

新井は、ほとんど睨《にら》むように西村を見据えた。

「杓子定規《しゃくしじょうぎ》に考えれば、そういうことにもなるんでしょうが、これは社長の特命事項です。社長ご夫妻の意のあるところを汲《く》んであげてください。あなたにとって悪い話ではないと思いますがね」

女帝といわれ、陰でオーナー社長の池上堅太郎をコントロールするほどの影響力を行使している社長夫人に眼をかけられたのだから、二つ返事で承諾してもよいはずなのに、この男、照れ隠しにぐずぐず言ってるのだろう、と西村は内心たかをくくっていた。

「いろいろやり残している仕事もありますし、かんべんしていただけませんか」

予期せざる新井の返事に、西村は緊張したときの癖で、やたらからぜきをして、薄くなった頭髪を搔《か》きあげた。

「常務もご存じと思いますが、例のブラジルのプロジェクトが大詰めにきています。そのほかにも手が離せないものが……」

「その件は聞いてますが、新井部長のご活躍で、現地資本と基本的に合意し、契約に調印したわけですから、もう問題はないのではありませんか。実は海外事業担当の岡本常務もあなたの出向の件についてはショックを受け、困った困ったを連発してました。そりゃそうでしょう。杖《つえ》とも柱とも頼む働き手のあなたに抜けられたら、大変ですからね。しかし、上《かみ》ご一人《いちにん》のおっしゃることにさからうわけにもいかないと、すっかり覚悟を決めてましたよ」

「岡本常務からなにも聞いてませんが」

新井は気持ちを鎮《しず》めるように、残り少ない緑茶を口に含んだ。

「けさの役員会の後で、社長から急に出た話ですから。岡本常務は台湾に出張とかで、すぐ出かけたようですね」

「すこし考えさせてください。二時に来客がありますから、これで失礼します」

「考えるまでもないと思いますがね」

西村の声を背中に聞いて、新井は振り返ってもう一度会釈《えしゃく》をし、常務室のドアをあけた。

西村は、新井が立ち去ったあと、社内電話で人事部長の本明勝を呼び出した。ほどなくやって来た本明は、先刻まで西村が座っていたソファのほうにどかっと腰を据え、来客用の煙草入れからセブンスターを抜き取って、咥《くわ》え煙草で、

「なにごとですかな」

と、西村のほうを向いた。

人を食った狎《な》れ狎《な》れしい態度に、西村は露骨に顔をしかめた。

商業学校出の西村は、本明に舐《な》められていることを意識していた。昭和二十六年に、サンライト電子工業の創始者の池上堅太郎が東芝電機を退社して、電子部品事業を興《おこ》したとき、同じ東芝電機の経理課員だった西村は、池上の誘いに応じて従《つ》いてきた一人である。

西村は当時三十歳になったばかりで、女房と生まれて間もない子供を抱えてずいぶん迷った。寄らば大樹の蔭《かげ》という言葉もあるが、両親や女房の反対を押し切って池上に賭《か》けた甲斐《かい》があった、といまでも西村はよく思う。あのとき、池上の誘いを断っていたら、いまごろ定年退職者の悲哀をかこっていたはずだ。

本明はたしかに仕事もできたが、社長の懐刀《ふところがたな》的存在であることをひけらかしているようなこの男を、西村はどうにも好きになれなかった。同じ東大出身でも新井のほうがよほど親しみがもてる。人格、識見とも新井と本明とではくらぶべくもないと西村は思っていた。

西村が本明を待たせて自席でどうでもよい書類に眼を通していると、本明がメタルフレームの眼鏡越しに鋭い一瞥《いちべつ》をくれて、いらだったしぐさで煙草を灰皿にこすりつけた。人を呼びつけておいて待たせるとはどういうつもりか、といった思いが頰骨の突き出た尖《とが》った顔にあらわれていた。眼尻に険があり、ぎすぎすした感じの厭《いや》な男だと西村は思う。

「お待たせしました。ちょっと急ぎの書類に眼を通してたものですから。あなたに、ひとつ骨を折ってもらいたいことがあるんですよ」

「なんですか」

本明は、顎《あご》をぐいとしゃくった。

「社長夫人が経営している例の会社に、新井部長を出向させたいという社長の希望なんですが、新井さんはどうも気に染まないようなのです。そこで、親友のあなたからも勧めてほしいのですよ」

「それは初耳ですね。人事部長の私が新井より後から聞かされるとは驚きましたな」

本明は、さもあきれたと言わんばかりに言って、ソファに背を凭《もた》せた。

西村がからぜきを一つして、あわてた口吻《こうふん》で言った。

「まだ打診の段階ですし、社長に急ぐようにいわれてたものですから」

西村は矛盾した自分の言葉に一層狼狽《ろうばい》して、ますます顔を上気させた。

「とにかく、これは通常の人事異動と違いますから、あまり大っぴらにしたくなかったんです」

「それなら私も聞かなかったことにしましょう。私に新井をくどいてくれというのはロジックが合いませんな」

本明はかさにかかって言った。

可愛《かわい》げのないやつだ、と思いながらも、西村は、新井に話す前に本明の耳に入れておくべきだったと後悔していた。西村は間を取るように、仏頂面《ぶっちょうづら》で煙草を喫《す》い始めた。

「それで、新井になにをやらせようっていうんですか。まさかゴルフ場の支配人でもないだろうから、ファッション企業のほうでしょう」

「ええ」

「たしか、エコーとかいいましたかな。このごろはテレビでも宣伝しているくらいだから景気いいんでしょう」

エコーというのは、池上恵美子が経営しているファッション企業で、女性用の下着専業からスタートしたが、多角化を進め、男性用のスポーツシャツなども扱っている。

本明のほうから軟化してきたことをみてとって、西村はほっとしたように躰《からだ》を乗り出し、声をひそめた。

「ここだけの話ですが、エコーはどうもひどいことになってるようなんです。多かれ少なかれ合繊不況のあおりを受けてるようですし、ファッション業界は過当競争が激しく、あそこも過剰投資と余剰人員を抱えて動きがとれなくなっているんです。おまけに経理部長が使い込みで大きな穴をあけたりして、泣きっ面に蜂《はち》みたいなことになってるそうです。けさ、社長から話を聞いて私も仰天したんですが、さすがの社長夫人もすっかり参っているようです。それで、誰かできる人を出してもらって、ひとつ大ナタをふるってほしいということなんですよ。再建の見通しがあれば資金的なテコ入れはいくらでもしたいということですが、見込みがなければ思い切って整理して出直すべきではないか、という意見です。新井部長にそのへんの目途を早くつけてもらいたいんでしょうが、どっちにしても、相当な人員整理は避けられないようです。この話はどうか内密に願いますよ」

西村は必要以上にぐっと声を落とした。自意識過剰な本明の神経を逆撫《さかな》でしたことに対する負い目から、すこし喋《しゃべ》り過ぎてしまったことで、また別の悔いが西村の気持ちを重くしていた。

「そんなことは念を押すには及びませんよ。しかし、社長も社長夫人もなんで私に相談してくれなかったのかな。二人とも私にはなんでも話してくれるはずだから、いずれ話はあるんでしょうが……」

本明は浮かぬ顔でつづけた。

「いわば、新井に白羽の矢が立ったということなんだろうけど、あいつにそんな大役が務まるんですかね」

「私は新井部長なら申し分ないと思いますよ。さすがに社長も社長夫人もお眼が高い」

西村は、本明の癇《かん》にさわることを平気で口にした。本明は口惜しそうに顔をしかめた。

「それにしても、新井部長がイエスと言ってくれないことには始まりません。新井部長はなにか勘違いしてるようですが、決して悪い話ではないんです。そのへんのところも本明部長からよく話していただいて……」

本明がじろっと西村を横眼でとらえて、遮った。

「話してはみるけど、厭だというものを無理強いして、くさらせたんでは会社にとってもマイナスでしょう。なんたって、新井は私と社長とでスカウトしてきた人材には違いないんだから。本人に伝える前に私に相談してくれれば話のもっていきようもあったんだが」

「とにかく、ひとつよろしくお願いします」

西村は、この傲岸不遜《ごうがんふそん》とも思える部下に、媚《こ》びるような笑顔を向けて、軽く頭を下げた。

2

その夜、本明は、サンライト電子工業の本社ビルのある虎ノ門《とらもん》の近くの鮨屋《すしや》の二階で鮨だねを肴《さかな》にひとりでビールを飲んでいた。先約があるので日をあらためてほしいという新井を、何時になってもいいから待っている、と強引に誘ったのである。

本明の胸中は穏やかではなかった。

新井にエコー再建のために出向の声がかかったことは、とりもなおさず、社長夫人の池上恵美子が彼の力量を評価して、とりこもうとしているからにほかならない。

新井が中途入社のハンディを克服して、有力な競争者にのし上がってきていることを、本明は実感として受け止めないわけにはいかなかった。出向が解け、本社に復帰したあかつきにはトップを切って役員の椅子《いす》を手中にすることも考えられる。否《いな》、それは動かしがたいことのように思えた。

サンライトで十年以上もよけい苦労している俺が彼奴《あいつ》の下風に立つようなことがあ

ってたまるか、と本明は歯嚙《はが》みする思いであった。十二年の差は途方もなく大きい、とかつて本明は考えていたが、その距離はこの八年ほどの間に確実に詰められ、いまや二人は肩を並べるところに位置していた。

本明と新井は三年前、ともに部長に抜擢《ばってき》されたが、その時点でも、本明は新井に対してさほどの脅威を感じていなかった。一目も二目も置かせているという意識が強かった。

ところが、二人の力関係は逆転する恐れが出てきたのである。本明の心の中は、グラスの中のビールのようにふつふつと泡だっていた。

ビールを三本あけ、水割りに切りかえ、酔うほどに新井に対する嫉妬《しっと》を、本明は増幅させていた。〈たかが英語屋じゃないか〉と心の中で新井をあざけってみたものの、気持ちはおさまらなかった。

新井があらわれたのは、本明が四杯目の水割りをあけたときだった。

「遅くなって申し訳ない」

新井が長身を折って詫《わ》びた。

「あ、挨拶《あいさつ》は抜きにして、さっさと座れよ」

本明はすこし舌をもつれさせた。充血した眼が据わっている。

「お飲みものは」

　仲居に訊《き》かれて、新井はビールを所望した。

　新井がグラスを取ると、本明は、仲居が注ごうとした瓶を乱暴に手もとへ引き寄せて、一気に瓶を傾けてきた。あっという間にグラスからあふれたビールの泡が新井の右手を濡《ぬ》らし、テーブルにこぼれた。

「だいぶご機嫌ななめだね。こっちも下地を入れてきたが、これじゃバランスがとれない。駆けつけ三杯といこう」

　新井は苦笑しながらビールを乾《ほ》した。

　待たされたことで、むかっ腹なのはわからないでもないが、時間は何時になっても構わないと無理強いしたのは本明のほうである。腹をたてられる筋合いではなかった。

「こんな時間までなにをやってたんだ」

「そうか、もう九時近いのか。これでも途中で抜け出して急いで来たつもりなんだが」

「そんなことはどうでもいい。エコーへの出向の件はどうするつもりなんだ」

　本明はたたみかけるように言った。

「どうするって、受ける気はないよ」

「おまえ、考えさせてくれなんて勿体《もったい》をつけずに、さっさと受けたらいいじゃないか。

自分のほうから女帝に売り込んだんじゃないのか」

直截的《ちょくさい》な本明のものいいに、新井はさすがに顔色を変えた。

本明は学生時代からセンシティブなところがまるでなく、相手がなにか思いやしないかなどと斟酌《しんしゃく》することのできない男だった。

この程度のことで腹をたてては、この男とはつきあいきれない。新井は気をとりなおして、言った。

「本明、いくら酒のうえとはいえ、言っていいことと悪いことがあるぞ」

「それじゃあ訊くが、どうしておまえは光陵商事を辞めたんだ」

「いまごろになって、なんできみがそんなことを言い出すのかわからん。いったい、なにが言いたいのかね」

「いいから俺の質問に答えろよ」

本明はぎょろりと眼を剝《む》いた。

「同僚を出し抜くことばかり考えているような商社の体質というか環境に厭気がさしたんだ」

「ふん」

本明は鼻で嗤《わら》った。

「ずいぶんきれいごとを言うじゃないか」

「それに、池上社長のバイタリティに魅力を感じたことも確かだ。家庭的な事情もあるが、そんなことを持ち出しても詮《せん》無いことだから、あんまり話したくないな。泣きごとを言っても始まらない」

うつむきかげんの新井の表情が沈んだ。

「俺にはおまえが俺の上前をはねようとしているように思えてならんのだ」

「どういう意味だい」

新井は、本明の胸中を測りかねて、顔をあげ、まっすぐ、本明の眼を見た。

本明はワイシャツの袖《そで》をたくしあげた。

「東大まで出た俺ほどの男が、当時中小企業に毛の生えた程度の知名度の低いサンライトに入社したのは、この会社の将来性に賭けたことと、トップになれる確率が高いと俺なりに計算したからだ。会社が高度成長を遂げたことについては、俺の判断が正しかったことが証明されたし、出世街道を突っ走っていることも確かだろう。サンライトに入社した俺を嗤った連中がまだ課長かひどいのは課長補佐あたりをうろうろしてて、俺を羨《うらや》んでいるほどだからな。おまえが一流の商社マンからサンライトに鞍替《くらが》えしたのは、なにか魂胆があるんじゃないのか」

かなりアルコール分が入っているとはいえ、ぬけぬけとした本明の口調に、新井は度胆《どぎも》を抜かれたが、考えてみれば、これほど自分に正直な男もいなかった。

学生時代から、自己顕示欲の強い男だったが、まったく変わっていない。

「君の大望《アンビション》については、たしか大昔聞いた憶《おぼ》えがあるが、僕はきみほど猛烈社員でもないし、偉くもないからね」

「出世の望みがないわけじゃないだろう」

「もちろんそれほど人間、練れてないよ。肩書きにこだわらないといえば嘘《うそ》になる。しかし、きみほど壮大なターゲットがあるわけじゃない。せいぜいきみの三分の一か四分の一といったところだ。きみと張り合う元気もないし、競争できるとも思っていない。しかし、本明、きみがトップを目指すのは結構なことだし、そうなってもらいたいのはやまやまだけど、社長には先妻の子がいるんだろう。証券会社で課長をしてるって聞いてるが……」

「その点なら心配はないよ。女帝としっくりいってないから、ジュニアがサンライトに入ってくる気遣いはないな。本人にもそんな気はないらしいし、俺のみるところ、社長もあと十年ぐらいやって、俺かおまえにバトンタッチする気じゃないのか」

「ずいぶん穿《うが》ったことを言うんだね」

新井は呆気《あっけ》にとられて、まじまじと本明の顔を見た。

「こっちは、おまえより十年以上もよけいにつきあってるんだ。おやじの気持ちはわかってるつもりだ」

本明は右手の親指をたてて自信ありげに答えた。

「しかし、それはどうかね。血は水よりも濃いというし……」

「そんなことより、問題はおまえの気持ちだよ。女帝に見込まれて損はないぞ。気に入ったものを味方に引き入れたら最後、どっぷり首まで浸らせなければ気がすまないそうだ。おまえもせいぜいどっぷり浸って、とりたててもらったらいいじゃないか」

「………」

「おまえにエコーの立て直しができるかどうか知らんが、敗戦処理みたいなもので潰《つぶ》したっていいっていうんだから、気が楽じゃないか。ま、一肌脱いでやれよ」

変に焚《た》きつけるような本明のいいぐさに、新井は語気を荒げた。

「きみは本気でそんなことを言ってるのか。僕に出向を受けさせたいのか、反対なのか、いったいどっちなんだ。そんな持って廻った言い方をしないで、きみこそ反対なら反対とはっきり言ったらいいじゃないか」

「だいいち、断り切れんだろう。これが断り切れたら立派なもんだ」

本明はうそぶくように言った。

新井が深い吐息を洩《も》らした。

「きみは気楽な男だね。会社を潰すとか、人員整理とかがどんな厳しいことかわかっているのかね」

今度は本明のほうが気色《けしき》ばんだ。

「莫迦《ばか》にするな。おまえ誰にものを言ってるんだ」

新井も負けずに声をはげました。

「それなら、もうすこし言葉に気をつけたらどうだ」

「おまえと言い争っても始まらん」

本明はぷいと横を向いて、煙草《たばこ》をぷかぷかやりだした。

「本明、きみはいずれにしても僕の出向の件には反対なんだろう」

「反対もなにも、おまえが決めることだからな。女帝に目をかけられたら、誰でも出世できるようになっている。マスコミにも女実業家だの、ベスト・ドレッサーだのとちやほやされて、すっかりいい気になってるが、心あるものから顰蹙《ひんしゅく》を買っていることは確かだな。まあ、俺としては、おまえに、大阪支社長の野原みたいな真似《まね》はしてもらいたくないってことだ。おまえも知ってると思うが、草履取りみたいなことまでして役員になることはないからな。野原は俺たちよりだいぶ先輩だが、ぼんくら大学を出て誰かのコネで入ってきた能なし野郎のあいつが、役員になれたのは女帝の引き以外のなにものでもない。野原は女帝が経営しているゴルフ倶楽部《クラブ》に出向させられて、土地の買収から会員権の販売まで手伝わされたが、その功績が認められて、役員に返り咲いたんだ」

「…………」

「野原と対照的なのが札幌営業所の広川だ。広川は女帝の誘いを断ったため、あの歳《とし》でいまだに課長待遇というていたらくだ。サンライトの社員を私的な事業に使って給料はサンライトに払わさせてるんだから、公私混同もきわまれりだが、技術屋莫迦みたいな社長は、そこのところの矛盾がわかっちゃいない。女帝にいいように牛耳られてる」

本明は、水割りを喉《のど》へ流しこんで、憑《つ》かれたように話しつづけた。

「まだいくらでもあるぞ。多分おまえも知ってるだろうが、創業以来、社長の片腕とうたわれていた水上専務が去年現役を退いたのも女帝のさしがねだ。女帝は専務がけむたくてしょうがなかったらしく、社長に、あの人すこしぼけてきたようね、などと寝物語に吹き込んだんだ。町工場を超一流のパーツ・メーカーに育てたおやじは立派だし、簿記まで勉強してバランス・シートを読めるようにもなった。たしかに立志伝中の人物には違いないが、若い女房をもらってから、おかしくなっちまった。おとうちゃまなどと呼ばせ、家に帰れば手前の女房をエミーなんていって、やにさがっている。まったく、情けないじゃないか。しかも、どこの馬の骨とも知れない女に振りまわされている。先妻が存命中から関係があったことは社で知らぬ者はないが、どうせ水商売上がりのすれっからしじゃないか。あの女狐《めぎつね》め、どうやっておやじをたらしこんだか知らないが、よっぽどあそこのあじがいいんだろうぜ。あの社長がほかの女に振り向きもしなくなっちゃったんだからな。近ごろじゃ、テレビまで出て〝うちのおとうちゃま〟などとほざいている。みられたざまか」

本明は下卑た口調で大仰に慨嘆した。

「社長の私生活までとやかく言うのは言い過ぎだよ。経営はきちんとやってるんだから、文句のつけようがないじゃないか。それに夫人のテレビ出演は、すこしはサンライトのPRになってるんだから結構なことだ」

「なにが結構なことだ。恥さらしもいいところだ。それに経営のほうもこれからはわからんぞ。おやじも昔ほど馬力はなくなってきてるしな。人事権が女帝にあるんじゃないか、なんてみられかねないようじゃ、先が思いやられるよ」

仲居が大きな桶《おけ》に握りずしを並べて運んできた。本明はむらさきの小皿をさっそく手もとへ寄せて、手を伸ばした。

「まさか社長夫人が直接人事に介入してくることはないんだろう。きみや西村常務にじかに指示してくるようなことは……」

「それに近いことはあるが、おやじを動かせばいいんだから、ことは簡単だろう。さっきも言ったように寝物語におやじに話すわけだ。おやじは女帝にすっかり鼻毛を抜かれちゃってるから、ほとんどいいなりだ」

口の中のトロを始末しきらないうちに、本明は喋《しゃべ》りだし、めしつぶを飛ばした。

「おまえだってその口だぞ。おとうちゃま、新井部長を貸してもらえないかしら……てなもんだ」

本明はほおばったすしを嚥下《えんか》し、恵美子の声色を真似《まね》たつもりなのか、むりに裏声を出してむせかえった。

「たしかに、あの人はどうかと思うね。カカア天下っていうのは、ほほえましい面もあるが、そこまでいくとね。シェイクスピアが、将軍も女房の前では一兵卒に過ぎない、なんて言ったそうだけど……。世間のもの笑いのタネにされるよ」

「もうされてるよ」

「出向の件ははっきり断るつもりだ。こんな筋の通らない話にははじめから乗る気はなかったけど」

新井は嚙《か》みしめるように言った。

本明が新井の気持ちを測るように、上眼づかいに見ながら言った。

「本気か。安っぽい正義感ならやめとけよ」

「最終的には、社長に直訴することになると思う」

「よし、わかった。おまえがそこまで言うんなら、俺も協力する。いや、俺たち二人が結束しなければいかんのだ。そうすれば途《みち》もひらけるはずだ。なんてたって、俺とおまえは共同事業者《ジョイント・ベンチャー》みたいなものだからな。運命共同体といってもいい。若いのは別として、事務系で俺たち以外にまともなのがいったいいるか。碌《ろく》なやつはおらんじゃないか。二人が力を合わせてサンライトをもりたてていかねばならんのだ」

本明は眼をぎらぎらさせて力説した。彼は、多少胸がすっきりしたのか、旺盛《おうせい》な食欲を発揮し、にぎりずしを片づけにかかった。

「女帝だけは俺の計算になかった。こればっかりは誤算で、思わぬ伏兵に足を掬《すく》われたようなもんだな」

「エコーへの出向の件、なんならきみを推薦しようか」

「しかし、どういうわけか俺は女帝にはよくないからな」

新井は吹き出したくなった。本明がスジ論だけで出向の件に反対しているわけではないことは忖度《そんたく》できたが、これほど露骨に出られると返す言葉がない。単細胞であり、独善的な面が少なくないが、いじいじせずに、どんな場合でも強引に自分を押し出してくる本明に、新井はなかば魅《ひ》かれていたのかもしれない。出向の件を俺が受けたら、本明との友情に亀裂《きれつ》が入ることは間違いないようだ。新井はなにやら躰《からだ》の中を風が吹き抜けていくような思いで、本明を見やった。


しかし、新井が考えているほど、本明は単細胞な男ではなかった。出世のためには手段を選ばない権謀術数家《マキャベリスト》でもあったし、苦学生上がりにありがちな屈折した心情の持ち主でもあった。中学生時代に父親と死別し、アルバイトに追われ、学生時代に生活苦を舐《な》めつくしてきた本明は、同僚や部下にコーヒー一杯でも身銭を切ることのできない男であり、猜疑心《さいぎしん》も人一倍強かった。

本明は、上下左右どこからも、誰からも好かれていなかったが、社長だけは本明の才能を買っていたし、社長をうしろ盾にいまや人事部長として駒《こま》を動かせる立場にあった。まして本明は、その影響力について実態以上にみせかける術《すべ》を心得ていた。本明の立場は、出世を夢みる者にとって黙殺するには魅力があり過ぎ、心ならずも接近を試みようとする者が出てくるのは、サラリーマンの世界ではごく当然のことといえた。

海外事業部の業務課長代理の武邦正康もその一人であった。武邦は、その夜十一時過ぎに寝入りばなを本明の電話で起こされたのである。本明は、新井と別れて帰宅するまでの間、なんとか新井に決定的なダメージを与える方法がないものかと思案していたが、いい知恵が浮かばないままに、武邦に電話を入れたのだ。本明は、武邦に新井の出向の件を手短に説明したあと、新井のほうから女帝に取り入っているふしはないか、と訊《き》いた。

「とくに気がつきませんでしたが、注意してみます」

「うん。なにかあったら細大洩らさず俺に報告してくれ。それから、新井にも弱点はあるはずだから、とにかくマークしてみてくれないか」

「わかりました」

武邦は気のない返事をしたが、

「秋の異動では課長に推すつもりだから、公私ともにしっかりやってくれ」

と、本明に言われて、眠気がふっとび、

「頑張ります」

と受話器に向かって思わず大きな声を放っていた。

3

あくる日の朝、新井が出勤するのを待ち構えていたように、武邦がにやにやしながら席へやってきた。度の強い眼鏡をかけ、ひからびた茄子《なすび》のように陰鬱《いんうつ》な黒ずんだ顔のわりには妙にちゃらちゃらする男だった。

「新井部長、ご栄転だそうでおめでとうございます」

「なんのことだい」

「水臭いですよ、部長」

「だからなんのことだって訊いているんだ」

新井はつい大きな声を出してしまい、われながら感情的になっていると思って、顔を赤らめた。

「部長、そんなに照れなくてもいいですよ。社長夫人の会社に出向だそうじゃありませんか」

武邦は悪びれずに言い、にやりと笑った。

部下に対して、個人的な感情を出してはならないと思いながらも、新井はどうしても武邦だけは生理的な嫌悪感《けんおかん》をおぼえずにはいられなかった。いつも遠くから人の顔色を窺《うかが》っているようなところも厭《いや》だが、ちゃらちゃらした口のきき方が我慢できない。もうすこしふつうにできないのか、と新井は思うのだ。

「そのことが言いたかったのかね。相変わらず早耳だな。しかし、僕のほうは受ける気はないし、仮りに受けたとしても栄転というのは当たらないんじゃないか」

新井はつとめてくだけた口調で言ったつもりだったが、表情は硬く、声も投げやりだった。

「やっぱりお受けになるんですか」

武邦は眼をひからせた。

「たとえばの話だ。きみもつまらんことに関心を持たないで、さあ仕事、仕事」

新井は、茶を喫《の》みながら海外の子会社や営業所から寄せられてくるテレックスに眼を通し、しばらくして席を起《た》った。五階のフロアを出て、階段を二段ずつ昇って七階の役員室へ向かった。西村常務に、出向の件をはっきり断ろうと考えたのである。

そして、新井は午後二時過ぎに、会議中を社長秘書の中川幸子に電話で呼び出された。

秘書室を覗《のぞ》くと、

「どうぞ」

幸子がにこにこしながら新井を社長室に案内した。ノックをする前に、幸子はそっと耳打ちした。

「社長さん、すこしご機嫌ななめみたいですよ」

大柄な美人で、躰つきは恵美子と共通している。ブラウスがぴんと張って窮屈に見えるほど胸が盛りあがっている。池上はグラマーを好むようだ。

「新井部長がおみえになりました」

幸子が声をかけたが、池上は自席で、「うむ」と生返事をしただけで顔をあげなかった。

眼で新井に会釈《えしゃく》して、幸子が引き下がった。

社長室は広いスペースがとられ、応接セットのほかに、大きな楕円形《だえんけい》のテーブルが用意されてある。背の高い椅子《いす》が二十脚はあろうか。取締役会、常務会、経営会議、予算委員会など社長主催の会議はすべてここで行なわれる仕組みになっていた。

新井はどこへ身を置いてよいかとまどったが、机に向かって書類に眼を通している池上の前まで進み出た。緊張して、躰じゅうに力が入っているせいか毛足の長い絨毯《じゅうたん》に靴がめり込む。

「なにか、ご用でしょうか」

「そこへ座ってくれ」

池上はちらっと顔をあげ、ソファのほうを顎《あご》で示した。

恵美子の趣味なのか、腹がけのような太めのネクタイに、黄色のカラーシャツ、それに紺地にストライプのスーツもひどく派手なものだが、近ごろは見なれてきたせいか、板についているように思える。うつむきかげんのその顔は、つややかで到底六十過ぎの老人には見えない。額の生え際《ぎわ》がすこし薄くなっているが、毛髪も豊富なほうである。

新井は小テーブルを挟んだソファの向かい側の革張りの肘掛椅子《ひじかけ》に身を固くして座った。

幸子が緑茶を運んできたが、新井は池上がソファに座るまで口をつけずに待った。

「さて、よかろう」

池上はひとりごちて書類になにやら書き込み、老眼鏡を外し、葉巻を咥《くわ》えながら、新井の前にやってきた。

「ブラジルの件はご苦労だった。契約《アグリーメント》の付属協定書に眼を通していたところだ。サインをしといたから、これを送って向こうのサインをもらえば、いよいよ発効するわけだな。どうもブラジルから帰ってから体調をくずしてしまった。きみはなんともないかね」

「はい、時差ぼけだけはしばらくつづきましたが」

「やはり歳《とし》のせいかね。しかし、ブラジルは遠いな。もっとも、もうわしの出番はないと思うが」

「しかし、工場が完成する来年のいまごろには、やはり社長が竣工式《しゅんこうしき》に出席しませんと向こうがおさまらないと思います」

「そんなものかね。まあ、一年も先のことを心配しても始まらんだろう」

サンライト電子工業は多国籍化を果敢に進めており、ブラジルに資本進出して、現地資本と合弁方式でチューナーなどパーツの新会社を設立するための調印式に、池上が新井を従えて、渡伯したのは二週間前のことだ。

「きみは海外事業部長として実によくやってくれた。きみの働きがなかったら海外事業を軌道に乗せることはできなかったかもしれん」

「いいえ、そんなことはありません。すでに路線は敷かれてましたし、総合力、チームワークの結果です」

「サンライトUSAの撤退にしても、わしはずいぶん迷ったが、きみの進言があったから、面子《メンツ》を捨てて、その気になったのだ。あのまま放置しておいたら、泥沼に落ち込んで、ダメージも大きかったろう。引くときは思い切って引かんといかん。高い授業料を払わされたが、良い教訓になった。逆に台湾の件は、国交断絶やなにやかや、あまり気乗りしなかったが、きみの主張どおり積極策をとってよかった。人件費などのコストが日本の三分の一以下だから競争力が強いはずだ。おまけにこの円高だから、国内をスロー・ダウンして台湾からの輸入を増やして、結構稼いでいる。きみに特別ボーナスを支給せないかん、とけさワイフに言われたところだよ」

池上は、うまそうに葉巻をくゆらせながらつづけた。

「わしは、昔からほどほどについていているほうだが、考えてみると、いまのワイフと一緒になってからとくにいいようだ。きみと知り合う機会が得られたのも、ワイフのお陰だし、ワイフがとりもってくれたともいえる。わしは英語が不得手で、海外旅行が嫌いだ。ワイフと一緒にならなかったら、ヨーロッパへも行ってなかったろう。そうなるときみにめぐり逢《あ》うこともなかったわけだ。きみも知ってるとおり、きみを是非わが社にスカウトしろと、うるさく言ったのもワイフだが、なかなか勘のいい女で、仕事のことでわしがジャッジメントに迷っているとき、ワイフの意見を聞いて外れたことがないほどなんだ」

「はあ」

新井は一層、躰を硬くした。古い話を持ち出すあたり、池上はさすがに話の運びも老獪《ろうかい》だった。

「わしはね、きみの仕事のセンス、手腕、力量を誰よりも高く買っているつもりだ。いずれ管理部門のポストも経験してもらいたいが、いろいろ経験を積むことは、あとあとのためにプラスになると思うが、どうかね」

新井は小さくうなずいた。

「西村からきみの返事を聞いて、ショックを受けてるんだが、ひとつ考え直して、しばらくの間、ワイフを援《たす》けてやってくれんか」

池上は鋭い眼でひたと新井を見据えた。からみつくような視線だった。新井は気持ちがくずれそうになるのを懸命にこらえ、池上の眼を見返した。

「社長、たいへんありがたいお話ですが、いますこし、海外事業部で仕事をさせていただけませんか」

「きみほどの男をいつまでもひとところに置いておくわけにはいかん。いやしくもわが社の将来を背負って立つ者なら、また、それだけの自覚があるんなら、オール・ラウンド・プレーヤーでなければならんぞ。きみはかつて、人員整理は万策尽きたときにやるべきだとわしに説教をしたことがあるな。そのとき、わしももっともな意見だと感心したが、経営者たるもの、ときには厳しく辛《つら》い選択を迫られることもある。ワイフの経営している会社が刀折れ矢尽きた状態かどうかわしには判断しかねるが、きみにその判断をつけてもらいたいのだ。ワイフも手に負えなくなって、わしに泣きを入れてきた。わしとしても、ここは援けてやらねばならん。きみを男と見込んで頼むのだ」

池上の声が高圧的になった。頰のあたりがひきつった。葉巻の火が消え、チカチカとライターを鳴らす音に、いらだちがみてとれた。

「それではこうしよう。二年とはいわん。一年かっきりということにしようじゃないか。帰ってきたところで役員になってもらう。きみは、わしの後継者に足る人材だと思っておるんだよ」

「社長に眼をかけていただいて、ほんとうに光栄に思ってますが、それは社長の買いかぶりです。人材なら本明君をはじめたくさんいます」

「よけいなことは言わんでもよろしい。企業は永遠のものでなければならない。減資、増資、人員の縮小などいろいろな再建策があると思うが、きみのみたてで、箸《はし》にも棒にもかからないということなら会社更生法の適用を申請することも考えねばならん。しかし、わしとしても、ワイフが経営している会社とはいえ体面というものがある。先に見通しがあれば、サンライトとして本格的に出資してもよいと考えているが、それには相当な人員整理が必要だろう。企業防衛上ときには首斬《くびき》りもゆるされなければならない」

「………」

「もし、きみがそれを悪と考えているとしたら、とんだ心得違いだぞ。きみがもうひとまわり人間を大きくするためには、恰好《かっこう》なチャンスだし、ひとつの試練として、本腰を入れてエコーの再建に取り組んでみてくれんか。これをできるのはきみしかおらんとわしは考えている。遠からずサンライトの経営陣に名を連ねる者として、いい経験になり、糧《かて》になるはずだ」

「社長のおっしゃることはよくわかります。しかし、お許し願えませんでしょうか。私のわがままかもしれませんが……」

新井はうるんだような眼を池上に向けた。

「わしは、おまえにトップの厳しさ、経営の厳しさといったものを、この機会にじっくり勉強してもらいたいのだ」

池上の炯々《けいけい》とした眼にぶつかって、新井は居竦《いすく》んだように眼を伏せた。

「私には荷が勝ち過ぎます。なんといわれましてもご辞退申し上げる以外にありません」

「おまえはわしがこれだけ言ってるのにわかってくれんのか」

池上は声をふるわせた。

「奥様の会社の件だけはなんとしてもお受けいたしかねます。人事に奥様が介入してくることにつきましては、どうしても納得できないのです」

思わず口をついて出てしまったが、果たして池上は怒り心頭に発し、やにわに起ち上がった。新井の頭上で癇癪玉《かんしゃくだま》が炸裂《さくれつ》した。

「生意気を言うな！　貴様、わしに指図する気か！」

「いいえ、そんなつもりはありません」

こうなったら、ひらき直るよりなかった。

「さっさと出て行け！」

「申し訳ありません」

社長室を立ち去る新井の胸は、さすがに波立っていた。

しかし、なんとしても出向の件は拒まなければならない、と新井はほぞを固めていた。

新井は光陵商事時代の苦い経験を想起するたびに心に疼《うず》くような痛みが伴うが、出向の話を持ち出されたとき、新井は旧悪を露顕されたようなうしろめたさを覚えたものである。

万一、新井が池上恵美子の経営する会社への出向を受け、人員整理に手をつけるようなことになったとして、逗子の家にデモでもかけられるような事態になったらどうなるか――。あの修羅場だけは二度とくり返してはならないと新井は心に決めていた。女々しいと言われようと感傷と言われようと、新井は真理子を愛していた。真理子が健康だったら、出世につながる出向に応じていなかったとは言い切れないが、「人間としてゆるせない」という浅岡化工の社長のうめき声や、真理子のもの悲しげな表情を新井は忘れることができなかった。

4

池上は、新井をどなりつけたものの、夕方、自宅に着くころには、かなり気持ちが鎮《しず》まっていた。

「多少癇にさわるが、新井の指摘したことは一理あるし、あれほどはっきり意見を言う者もおらんな」

と、池上はむしろさわやかな心地になっていたほどだ。痛いところを衝《つ》かれて、年甲斐《としがい》もなく大きな声を出してしまったことを内心恥じていたのかもしれない。

池上は、毎日寝しなに恵美子と入浴するのがならわしだった。女盛りの豊満な恵美子の躰《からだ》を心ゆくまで観賞するだけで、池上は歳を忘れた。四十女にしては下腹に贅肉《ぜいにく》がなく、容色はいささかも衰えていない。贔屓目《ひいきめ》ではなく、堂々たるグラマーである。背中を流させながら、恵美子の尖《とが》った乳房をもてあそぶ、それは浴槽の中にもちこまれる。

池上は、必ず湯ぶねから恵美子を先に出し、水をはじいて小麦色に輝くその裸身にすみずみまで舐《な》めまわすような眼を這《は》わせ、「絶景、絶景」と悦に入る。池上はわれながらあきれるほど性欲絶倫だと思っていた。この歳で週二度は確実にこなし、どうかすると三度になることもあった。それが機能しなくなったときはリタイアするときだ、とつね日ごろから豪語し、会社でも会議のあと、巧みな猥談《わいだん》でみんなを笑わせていた。猥談が出るときの池上は機嫌のいい証拠だったから、誰もが遠慮なしに笑いころげることができた。セックスこそ男の活力の源泉だと、池上は固く信じていた。

ところが、池上はここのところ急激に性欲も食欲も減退していた。

その日も、ベッドの中で恵美子が躰を密着させて、息づかいを速めながら池上の中心部をせいいっぱい愛撫《あいぶ》したが、達せられなかった。

「おとうちゃま、どうしたのかしら、元気がないわね」

「おい、エミー、もうよさんか」

池上は、恵美子のあふれている個所にあてがっていた手を離し、

「それより、ちょっと話しておきたいことがあるんだ」

と、上半身を起こした。

「なあに」

ものうげに恵美子は言い、まだねだりたいらしく、池上の股間《こかん》に顔を埋《うず》めてきた。

「新井のことだが、諦《あきら》めてくれんか」

「どうして」

恵美子は、池上から躰を離した。

「おまえも知ってるとおりブラジルに一つ会社をつくるが、あの男に担当させている。どうもまだ手が離せんらしい。本明か、もうすこし歳のいったのを出したいと思っているところだ」

「困るわ。おとうちゃまが承諾してくれたから、私いろんな人に話しちゃってるし、それにカンバセーションのできる人のほうが都合がいいのよ」

「英語の話せるのはほかにもいるよ。それに会社の再建と英語となんの関係があるんだ」

「だめだめ、絶対にだめよ。エコーは輸入ものも扱ってるから、債権者に外人もけっこう多いの」

鼻にかかった声を発して、恵美子は躰をくねらせた。

「困ったな。本人も気がすすまんようだし」

池上がつぶやくように言うと、恵美子は、

「私から話すわ。絶対に厭《いや》とは言わせないから」

と、虚空《こくう》に眼をすわらせて言った。


新井が、秘書を通じて田園調布の池上邸に呼び出されたのは、翌日の夜だった。新井は取引先の商社と先約があったが、昨日の社長室でのことが気になっていたので、それを拒否する勇気はなく、その先約のほうを後日に延ばしてもらったのである。

サンライト電子工業の本社ビルのある虎ノ門から地下鉄で渋谷へ出て、東横線に乗り換え、田園調布の池上邸へ着いたのは七時近かった。

新井は手伝いの中年女に応接室へ通された。

恵美子の趣味なのか、抽象の油絵が二点、壁に掲げてあり、白磁の置き物がそれと不調和にサイドボードの上に並べてある。書棚の大英国百科事典《エンサイクロペディア・ブリタニカ》がいかにも装飾品といった趣きにみえた。

三十分も待たされてから、薄いレースのドレスをまとった恵美子が手伝いの女を従えてあらわれた。女が漆の盆に乗せてきたヘネシーのブランデーとグラスや小皿を並べている間に、新井は起立して、恵美子に挨拶《あいさつ》した。

「ごぶさたしております」

「ほんとよ。たまには遊びに来てよ」

恵美子は流し眼をくれて、ほほえんだ。念入りに化粧したとみえ、アイシャドーが濃く、真紅のルージュがあざやかだった。

「社長は、きょう出社されてなかったようですが……」

「新井君に出向の件を断られて、ショックで起きられなかったのよ」

「ほんとうですか」

「冗談よ。ここのところ食欲がないんで、病院へ連れて行ったの」

「そういえば、すこしお痩《や》せになったようにみえましたが」

新井はかすかに眉《まゆ》をひそめた。

「筍《たけのこ》を食べ過ぎて下痢をしたからよ。念のために来週オーバー・ホールしてもらうことにしたわ。おとうちゃま、厭がってたけど、この際ですから」

恵美子は、手伝いの女をさがらせ、ブランデー・グラスにブランデーを注いで、新井にすすめた。

「それより、あんた、お願いよ。私を援けてちょうだい」

恵美子は手を合わせ、あだっぽく新井をみつめた。背中のあたりがむずがゆくなるような甘ったるいつくり声だった。

「あんたがやりやすいように、私はなるべく口出ししないようにします。ね、そのかわり持ちつ持たれつで私もあんたのために、できるだけのことはしてあげるわ。こうみえても、私は個人ではサンライトの筆頭株主なのよ。おとうちゃまよりずっと多いのよ。いままで事業で儲《もう》けたお金は全部株につぎこんでますからね」

「その件でしたら、社長にも申し上げましたが、どうかおゆるしください」

「そんな返事は聞きたくないわ。新井君……」

恵美子は語尾をあげて、秋波を送ってから、ブランデーを口に含んだ。

「私は会社で女帝なんて言われてるらしいわね」

恵美子は凄《すご》んだつもりらしく、その眼が異様なひかりを帯びた。

「ブラジルのプロジェクトを軌道に乗せるまでは、責任上……」

新井がそう言いさしたとき、池上が大島のぞろりとした着物姿で応接間に顔をみせた。

「おとうちゃま、この子、どうしても厭だって。そんなにブラジル、ブラジル言うなら、ブラジルでもどこでも行かしてあげたらいい」

恵美子の疳《かん》走った声が、新井の耳にびんびん響いた。言葉づかいがぞんざいになり、夜叉《やしゃ》のように眼をつりあげたすさまじい形相だった。

「人をなんだと思ってるんだろう」

捨てぜりふを吐いて、恵美子が裾《すそ》の長いドレスをひるがえして応接間から出て行った。

池上は、にがり切った表情で気ぜわしげに葉巻を喫《す》っていた。新井はさすがにバツが悪く、じっと首を垂れていた。

池上がやっと口をひらいた。

「新井君、もう一度わしからも頼むが、きみの気に入った若いのを一人つけるから、それでどうだ」

「申し訳ありません」

「おまえも強情だね」

池上は鋭く新井を睨《ね》めつけ、

「わしの面子《メンツ》ということも考えてくれんと困るぞ」

と、言った。

新井は「申し訳ありません」をくり返すほかなかった。

5

新井が池上恵美子に呼び出されて、退社したのを見とどけてから、武邦は六階の人事部の本明のもとへ急いだ。

本明は机に脚を乗せて、週刊誌を読んでいた。四月上旬のこの時期は、一日付で大幅な異動を発令した直後でもあり、比較的手のすく時期である。新入社員の訓練期間だが、本明は次長以下のスタッフにまかせていた。

サンライト電子工業は例年四月一日付と十月一日付で大幅な人事異動を行なっているが、組織の改正などが伴う場合は、一度に百人以上も動かすこともある。従って人事部が最も忙しい時期は三月と九月ということになるが、新卒者の採用の準備や、小幅な異動は年中行なわれているので、けっこう忙しい。今回の新井の出向の問題にしても、早速、後任を考えなければならないが、本明の目下の関心事はまさにこの一点に集中していた。

オーナー社長の池上が小うるさく口を入れるうえに、社長夫人がそれに輪をかけて人事に興味をもっているため、人事当局の気苦労は並大抵のものではない。もっとも、本明はまだ平社員のころから人事に人一倍関心をもっていたほうなので、人事カードをいじくりまわしたり、駒《こま》を動かすことに情熱を燃やして取り組んでいた。

本明が二年前に総務部長から人事部長に横すべりしたのも、池上に自らを売り込んだ結果である。本明は、池上の実績主義、信賞必罰主義をさか手にとって、自分流儀の抜擢《ばってき》人事を強引にやろうとする傾向が強く、社内で反発を買っている。本明や新井はたしかに池上の眼に止まって、異例の昇進を遂げたが、抜擢人事は停滞しがちな人事に刺激を与える反面、取り残された者のモラールの低下を招くなどのデメリットもないとはいえない。

サンライト電子工業では、大卒者は平均十四年で課長に昇進する。その間にほぼ四度ポストが替わるが、十年目の課長代理ぐらいになると、適性を人事当局が見きわめて、経理屋、総務屋あるいは勤労畑、営業畑という具合に色分けされ、より専門知識、スペシャリティを求められるようになる。技術系でいえば、製造部門、研究部門、企画部門、営業部門（セールス・エンジニア）などのポストへ割り振りされる。課長まではよほどのエラーでもない限り昇進可能だが、平社員時代のちょっとしたミスがたたって、同期のトップクラスとの間に末広がり的に大差がついてしまうケースも少なくない。

サンライトではまだそこまでいっていないが、高学歴社会によって、石を投げれば管理職に当たるような現象が企業社会の中で出始めており、最高学府を出た者が工場運転要員《オペレーター》にされかねない時代が到来しつつあるといわれている。

事実、サンライトでも三十年代後半、四十年代の初めに大量に採用した者の管理職のポストを確保する必要上、参事、主査、主任部員、主任研究員などの肩書きを与えなければならなくなっていた。また、工業高校など専門学校の質が低下し、この傾向は大都会に近いほど顕著で、良質なオペレーターの確保が難しくなっている。

課長以上のポストとなるとさらに限定されてくるので、ここから先は実力と有力な先輩社員の引きがあるかどうかの運に左右されることが多くなるが、自己顕示欲の強い者ほどふるいにかけられても残る確率が高くなる。自らはかることなく、実力だけで推されて部長になり役員になるというケースは稀有《けう》であり、派閥ほどではないにせよ、親分子分の関係が自然発生的に形成されてくるのは、企業社会、人間社会ではやむを得ないことのように思える。

本明の前任者の前岡は慎重な性格で、社員の盆暮れのつけ届けを送り返すほど堅い男だったが、本明は平気でそれを受け取り、それに少なからず影響されかねない面を持っていた。前岡は脱落者を出さないように、落ちこぼれのないように努めて配慮するほうだったが、本明は、駄目なやつは駄目ときめつけてしまうようなところがあった。

サンライト電子工業では二年に一度のわりでアンケート方式により、二年間の自己の業績、会社に対する不平不満や意見などを自己申告させるのがならわしだが、本明は人事カードを繰るのは好きなくせに、それさえも碌《ろく》に見ようとはしなかった。

その点、池上は丹念にアンケートに眼を通す。とくに管理職のアンケートについては、それを考課の要素に含めて考えるほどで、会社に対して意見のない管理職には厳しい点数をつけていた。

通常、社員の考課は、部長に対しては担当役員、課長については部長、係長については課長というふうに行なわれているが、サンライト電子工業では管理職である限り、そのうえに社長の池上の評価が加わる。

企業の規模やトップの性格にもよろうが、課長クラスの人事などにはまったく無関心な社長が多いといわれているなかで、池上の場合は、人事部で用意した異動リストをそのまま鵜呑《うの》みにすることは考えられない。

人事部に保管されている人事カードのコピーが社長室と自宅のロッカーにもファイルされているほどで、それは、所帯の小さかったころからの習性であり、カマドの灰まで自分のもの、といったオーナー意識がなせる業《わざ》とみることもできる。

もっとも、管理職の数が本社、工場、支店、営業所、研究所などを含めて四百人に及んでいる現在では、さすがにすみずみまで眼がゆき届かなくなっていた。そこに人事部長本明の乗じる余地があった。

部長にしろ課長にしろ、有能で気の合った部下を離したがらないのは人情として当然だが、本明はむきになってそれを引き剝《は》がそうとしたり、性格や向き不向きを考えずに独善的な人事を押しつけるきらいがあった。彼は、自分が人事部長のポストにいるあいだに、人脈をがっちり固めてしまいたいと考えていた。新井の前で、社長夫人の人事への介入をあれほど激しく非難していた本明自身、人事を壟断《ろうだん》することに躍起になっていたのである。

管理職の異動はすべて取締役会の承認事項だが、池上さえ抑えられれば、なんでも通るところに本質的な問題がひそんでいた。本明は、女帝との融和をどうはかるかについて心をくだいていた。

要するに、本明はつねに会社よりも自己の利害を優先させて考えていたことになるが、それが会社の利益につながると、てんから信じ込んでいるふしもあった。

もちろん、人事部長としての本明の利点がなければおかしい。たとえば、販売部門の激戦地や大型プロジェクトに集中的に人材を投入する必要が生じたときなどに、フレキシブルな対応が人事当局に要請されるが、そうした場合の手の打ち方は果敢であり、機敏だった。本明色が出るのは仕方がないとして、本明一流のアクの強さがものをいうわけだ。

本明は、自分が引き上げた者、いわば息のかかった者が自分に心服していると思っているが、実態は面従腹背に近く、本明のためなら水火も辞せずといった子分ができない。

それは、暗に反対給付を要求しているのではないか、と気を廻されかねないほど、恩着せがましく、「俺がおまえを引き上げてやったんだぞ」と誇示するようなところがあるせいだろう。つまり俺が、俺が……が多過ぎてアピールするものがなく、逆にその者をしてしらけさせてしまうようなことになる。

ある古参の部長が、部下の課長と呼吸が合わず仕事がやりにくいから代えてくれ、と申し出たとする。そんなとき、本明は、あの程度の課長を使いこなせないでどうするか、とつっぱねて一顧だにしなかったかと思うと、あっさり了解してしまい、適当な理由をつけて池上を説得するケースもあり、一貫していなかった。場あたり的であり、ご都合主義ということになるが、その点、西村や前岡は、どうしてもソリが合わない、ウマが合わないということなら、一度はつっぱねても次の異動期をとらえて、さりげなくどちらか一方を別の部署に移す。そのさりげなさ、なにげなさこそ人事のコツであり要諦《ようてい》であると考えている西村などの眼には、個人プレーが目立ち、鳴物入りの本明のやり方は、理解できなかった。

西村はいずれ時機をみて、池上に直訴し、本明を人事部長から外してもらいたいと考えているが、なかなか言い出す勇気がなかった。

異動のシーズンになると、昇進をひかえている者はそわそわと落ち着かなくなり、転勤を内示されている者はその準備に忙殺される。また、どこの企業でも多かれ少なかれ魑魅魍魎《ちみもうりょう》の跋扈《ばっこ》がみられるものだが、本明が人事部長に就いてから、それが眼に余るように西村には思えた。

本明はこの二、三日、部下を寄せつけないほど眉間《みけん》に深い皺《しわ》を刻んで、不機嫌に押し黙っていた。新井の出向の件は計算外で、出し抜かれた思いがしていたのである。

武邦が人事部へあらわれたときも、本明はにこりともしなかった。

「本明部長、少々お時間をいただけますか」

例の調子で、武邦は切り出した。

「ああ、いいよ。そろそろ帰ろうかと思っていたところだ。八時に人に会う約束をしてるので、どうやって時間を潰《つぶ》そうかと考えていたところだからちょうどいい」

本明は机の上からやっと脚をおろした。

本明と武邦は人事部の部長応接室でひたいを寄せて、ひそひそ話をした。

「新井部長が社長夫人に招かれて、社長宅へ行かれたのはご存じですか」

「いや、いつのことだ」

本明の顔色が変わった。

「たったいまです。秘書を通じて、呼び出しがかかったのですが、なんだかいそいそしてましたよ」

「新井のやつ、受ける気だな。俺には調子のいいことを言っていたが、手柄をたてるチャンスだからな」

「私もそう思います。きのうちょっとさぐりを入れてみたんですが、そんな感触を受けました」

「それにしても、女帝もよほど急いでいるんだな」

「そうですね。一昨日《おととい》のきょうですからね」

「ほかになにかないか。どんな人間でも両面を持っている。経理部に俺の息のかかったのがいるんで新井の交際費のチェックをしてもらってるが、なにかあるはずなんだがな。女の関係はどうだ」

「さあ、あの部長はそっちのほうは固そうですよ」

「わかるもんか。学生時代から女の腐ったみたいな脆弱《ぜいじゃく》なやつだったからな」

武邦は、新井に対する本明の対抗意識がこれほど強いとは思わなかった。それは、ほとんど憎悪《ぞうお》に近い感情に思われた。

「一週間ほど尾行をつけてみるか。人事部で使ってる興信所にやらせてみよう」

つぶやくように言った本明のひとことは、武邦ほどの男でも鬼気迫る思いを禁じ得なかった。

本明は武邦と別れて、八時過ぎに銀座のバーである男と会った。そして、三軒ほどはしごしたが、別れしなに、その男に念を押すように言った。

「ソースだけは絶対に秘匿《ひとく》してくださいよ。もし、それがばれると、私はこれですからな」

本明は自分の首に手刀をくれて、肩をすくめてみせた。

「当たり前じゃないですか。天下の××を見損なわないでください。ニュース・ソースを死守するのはうちの社是みたいなもので、それができないようなら、こっちこそクビですよ」

眼つきの鋭いその男は不敵な笑いを浮かべて、そう答えた。男は歳恰好《としかっこう》は三十四、五歳といったところで、本明が総務部長時代に顔見知りになった週刊誌の記者だ。経済関係を主とした硬派ものを担当していた。

第七章　出向命令

1

池上堅太郎は一日置いた金曜日の定例常務会で、いくつかの報告案件を承認し、二、三の指示を与えたあと、来週いっぱい人間ドックのため入院する旨《むね》を伝えた。

「どこかお加減でも」

技術担当専務の松本に顔色を窺《うかが》うように訊《き》かれて、池上は激しく手を振った。

「そうじゃない。たまには休養をとらんとな。もっと周到な準備をして、計画的にやりたかったんだが、ちょうどベッドがあいたんでな。ワイフに強制的に病院に送り込まれるようなものだ。さっき秘書室長にアポイントメントを全部取り消すように言っといたが、さいわいスケジュール表をみると、どうしても外せないというものもないので、わがままさせてもらうことにした。外部には出張ということにしてくれ」

「それは結構ですね。かけがえのない方ですから、大事になさっていただかないと」

松本は何度もうなずいてみせた。

「病院はどこでございますか」

西村が咳《せき》ばらいをしてから訊いた。

「それは内緒だ。見舞いだのなんだのにわずらわされるのも困るから、よくよくの急用があればワイフに連絡してくれ。仕事のことは万事きみらの判断にまかせる。少々のことであとでクレームをつけるようなことはせんから安心せい」

池上はにやりと笑った。

六人の専務、常務たちがなにやらきまりわるげに顔を見合わせているのを、池上は横眼でみながら言った。

「それでは、以上で会議を終わるが、西村君ちょっと残ってくれ」

「大将、ちょっと元気がないね」

「たしかに顔色がわるいな」

「そういえば、ここのところ例のカミナリが落ちませんね」

五人の役員がひそひそと私語をかわしながら、社長室を引きあげたあと、池上は円卓を離れ、西村をソファのほうへ手招きした。

「そこじゃ遠いから、こっちへ来てくれんか。それから本明を呼んでくれ」

「はい」

西村は社長席から直通電話で秘書にその旨を伝えた。

本明がすぐにやって来て、西村の隣席に座った。

「その後、新井はなにか言ってきたか」

「いいえ」

と、西村が答え、本明が早とちりして、

「新井君の後任の問題ですか」

と、逆に質問をした。

「それはどういうことだ」

池上が怪訝《けげん》な顔になった。

「新井君が出向すると聞いたものですから」

「本明部長になにか連絡ありましたか」

西村が本明のほうに首をねじって言った。

池上も勘違いしたらしく、表情が和らいだ。

「別に私のところへはなんにもありませんが、一昨日、社長のお宅へ伺ったと聞いたものですから」

「おまえはなにを言っとるんだ。新井は断りに来たんだぞ」

池上は途端に不快そうに顔をしかめた。

本明はおやっというように眉《まゆ》をあげた。

「とにかく、新井のことはおまえたち二人にまかせるから来週中に結論を出してくれ。新井があくまで翻意しないようなら、適当な支店か子会社のポストを用意しろ」

池上は憮然《ぶぜん》とした顔で、胸のポケットから葉巻をとり出し、先端を歯で千切った。西村と本明の手が同時に卓上のライターに伸びたが、二人が一瞬譲り合う間に、池上の手がそれをつかんで点火していた。

「ブラジルに出す手もあるな。合弁会社が軌道に乗るまで、新井に見させてやったらどうだ。あいつはブラジルの仕事に執着をもってるらしいしな」

「しかし、発展途上国へ出しているのは課長代理クラスか、せいぜい課長クラスです。それですと明らかに左遷《させん》の扱いになりますが」

西村が即座に否定的な発言をすると、池上は一層不愉快そうに眉を寄せた。

「それもやむを得んだろう。わしもワイフも新井にすっかりふりまわされて、カッカしとるんだ」

「しかし……」

「しかしなんだ？」

西村は池上に一喝されて、それ以上は抵抗できず、口をつぐんだ。

「本明、おまえはどう思う」

「海外駐在が課長、課長代理クラスに偏《かたよ》っていることは確かですが、そうと決まっているわけではありませんから、部長だからといって固定的に考える必要はないと思います。私は社長の意見に賛成です」

本明は話しながら、ブラジルへの転勤を持ち出せば、新井に否応《いやおう》なしに出向の件を受けさせる結果を招くのではないか、と心配になった。

「莫迦《ばか》にあっさりしとるじゃないか。新井はおまえの友達だろうに……」

「しかし、組織を守るためにはやむを得ない措置だと思います。秩序を維持するためにはときには泣いて馬謖《ばしょく》を斬《き》ることも必要です。ただ、私としましては友人として新井を説得するつもりではありますが……」

ふん、小癪《こしゃく》な、とでもいいたげに池上が鼻を鳴らした。池上は、新井から「社長夫人が人事に介入するのは納得できない」と痛いところを指摘されていただけに、本明に皮肉を言われているような気がしたのである。

「本明部長は新井部長の出向にはあまり賛成ではないようですから」

西村は、本明に対する日ごろの鬱憤《うっぷん》をこのひとことに込めるように、のっぺりした顔を赤く染めて言った。

「西村常務ひどいじゃありませんか。現に私は常務から新井君を説得してほしいといわれたその日に、たしか月曜日でしたね、夜遅くまで彼と会って話し込んだんですよ。なにを根拠にそんなことを言うんですか。しかも、社長の前でですよ……」

本明は血相を変えて言い募った。

「しかし、あなたは聞かなかったことにすると」

「二人ともいいかげんにせんか」

池上に大きな声を出されて、二人とも黙った。本明が気まずそうに煙草《たばこ》入れのピースに手を伸ばした。

「本明、これは仮定の話だが、新井が厭《いや》だと言い張ったときに、おまえにピンチヒッターを頼んだら、どうする。受けてくれるか」

「喜んで受けさせていただきます」

本明は上体を乗り出すようにして答えた。

「たしかに新井部長よりも本明部長のほうが適任ですね」

西村がわれ知らずはずんだ声で口を添えた。池上は、そんな西村にじろっと眼をやった。

「そういうこともあり得るといった程度の心づもりでいてほしい」

「わかりました。ただ、このことは新井君の去就がはっきりするまで伏せておいていただけませんか」

「どういうことかね」

「新井君の気持ちを刺激したくないんです」

本明は、たとえ心づもりにせよ、このことが新井の耳に入ることはまずいと考えて、抜け目なく西村に釘《くぎ》をさしたのである。

「当たり前だ。そんなことを心配するより新井を説得することを考えろ」

池上はじれったそうに言って、葉巻に火をつけ直した。

「それにしても新井のやつ、なぜそんなに依怙地《いこじ》になってるのかね」

池上がいらだたしげに貧乏ゆすりをはじめた。

社長室から自室へ戻って、西村はすぐに新井に電話を入れたが、外出していて、席にいなかった。帰社予定時間が三時なのを確認して、席に戻り次第、連絡するよう電話に出た女性社員に伝言した。

西村は、新井のためにも新井を説き伏せなければならないと思っていた。本明の魂胆がおぼろげながらわかるだけに、新井を翻意させる必要があると西村は考えた。

〈それにしても本明はひどい男だ。ブラジルの話が出たときに平気で賛成するとは……。友達甲斐《がい》のないやつだ〉と、最前の社長室でのやりとりを思い返しながら、本明に腹をたてていた。

人事の問題にしても、自分の頭越しに社長と話をつけてしまうことがしばしばあるが、そんな古いことまで思い出されてくる。そのくせ、今度の新井の出向の件では、事前に知らされなかったことを根に持っていた。

〈勝手なやつだ。虎《とら》の威を借る狐《きつね》め〉と西村は声にまで出かかったが、正面切って本明とことを構える元気はなかった。もっとも、本明が新井に代わって出向を引き受けてくれれば、人事部長も交替するわけだから、風通しはよくなるな、と西村の思考は逸《そ》れかかったが、本明がこれ以上社長夫人と接近することは、もっと危険だ、と急いで打ち消した。

いずれにしても、新井の噂《うわさ》が社内に広まらないうちに、なんとかしなければならないと西村は思った。しかし、新井が出向に対して拒絶反応を示し、社長の逆鱗《げきりん》に触れたことは、本社内でほとんど知らぬ者はいないほど広まっていた。

「さすがに新井さんだ。無傷で押し返すことができたら、わが社始まって以来の快挙になる」と快哉《かいさい》を叫ぶ若手社員。「身のほど知らずにもほどがある」と眉をひそめる古参の部長。「ポーズをとっているに過ぎんよ。いずれ折れるに決まっている」と冷ややかに高みの見物をきめこむ役員。

「いくらやり手の部長でも相手が悪すぎる。クビを洗って待ったほうがいいんじゃないか」と、新井が左遷されるかどうかで賭《か》けをする不心得者もいた。

新井は恰好《かっこう》な話題を社内に提供し、誰もが池上社長がどんな制裁措置を講じるか、固唾《かたず》を呑《の》んで見守っていたのである。

西村が遅い昼食を摂《と》って、席に戻り、総務部長から廻ってきた書類に眼を通し、うとうとしかけたところへ、新井がやって来た。三時と聞いていたが、三十分ほど早く帰社したらしい。

「新井部長のお気持ちはまだ変わりませんか」

ソファに腰をおろしながら、西村がやんわりと切り出した。

「お騒がせして申し訳ありませんが、この件だけは……」

新井も静かに返した。

「社長もだいぶご心痛の様子ですよ。来週いっぱい精密検査のために入院なさるそうですが、できたら今日中にあなたから返事をしてさしあげ、安心させてあげられたらと思いまして。社長としても奥様の手前ひっこみがつかなくなっているんじゃないでしょうか。変にこじらせてもなんですから、いつまでも意地を張らずに、ここは素直に受けてもらえませんか」

西村は眼をしばたたかせ、から咳をまじえながら懸命に説いた。

「精密検査って、どこか具合でも悪いんですか」

「いいえ。人間ドックに入って、たまには骨休めしたいということでしょう」

「そうですか」

「あなたの投じた一石は決してムダにはならないと思いますよ。あとあと必ずいい影響が出てくるに違いありません。あなたと奥様のサンドイッチになって苦慮されている社長の立場を察して、ここはホコを収めてくださいませんか」

西村が苦労人らしく気を遣ってくれていることはよくわかるが、なんといわれても新井は気持ちの変えようがなかった。

「常務、私はとくに依怙地になっているわけではないのです。しかし、本件だけはどうかおゆるし願います。なんとしても、お断りするほかありません」

「社長夫人から声がかかったことがそんなに気になりますか」

「それもあります」

「この程度は許容範囲に入りませんかねえ」

西村は大きな溜《た》め息をついて、

「あなたにブラジルへ行ってもらうことになるかもしれませんよ」

と、新井の顔をすくいあげた。

「えっ」

新井は絶句した。

「まだはっきり決まっているわけではないのですが、社長が提案し、本明部長も賛成のようでした」

「左遷は甘受します。しかし、ブラジルは困ります。ブラジルに限らず、海外勤務は困るんです」

新井の切迫した口吻に西村はびっくりして、間の抜けた声を発した。

「どうしてですか」

「泣きごとは言いたくないのですが、家内の躰《からだ》が弱いものですから……。東京を離れたくないのです」

「そういえば、新井部長の奥さまはご病気だと聞いたことがありますね。それなら、なおさらのこと出向を受けたらどうですか」

「それはできません」

新井は激しくかぶりを振った。

「私にはあなたの気持ちがさっぱりわかりませんね。社長夫人も言い出したらきかない人ですから、いろいろ問題がややっこしくなりますよ。社長がブラジル行きを強行するようなことになったらどうしますか」

「そのときはリタイアするほかないと思います」

「あなた、まさか、そんな」

唖然《あぜん》とした顔で、西村はかろうじて声を出した。そして、すこし間を置いてぽつりと言った。

「そんなに思い詰めてるんですか」

「家内を独りにしておくわけにはいきませんから、仕方ないですよ。そこのところも含んでいただいて、なんとか考えてください。本明君にも頼んでおきます」

新井が腰をあげたとき、西村はよっぽど、本明に話しても無駄なことを言おうとしたが、思いとどまった。

新井は、その足で人事部へ廻った。

「俺もおまえに会いたかったところだ」

本明は新井を部長応接室へ連れて行った。

「きみはブラジルを推してくれてるらしいけど、それだけは堪忍《かんにん》してくれないか」

新井に切り込まれて、本明は一瞬たじろいだが、

「冗談じゃないよ。左遷だと硬直的に考える必要はないと言ったまでだ。あの常務、自分の無能をタナに上げて、妙にからむんでかなわん。俺が仕事ができるからってひがむことはないんだ。どう言ったか知らんが、俺が推してるというのは、ぜんぜん違うよ。俺もあのじいさんにだいぶ含まれてるな」

と強弁した。

「立場、立場があるから、恨みがましいことを言うつもりはないよ。ただ、海外勤務は避けたいんで、それできみの力も借りたい。きみと僕とはジョイント・ベンチャーのはずだね。それなら、その程度は配慮してくれてもいいだろう」

「うん。ただ、なにしろこれが……」

と、右手の親指をたてて、本明はつづけた。

「ツルの一声を押し返すのは容易じゃないからな。しかし、全力を尽くすことは約束

するよ。ここまできたら、おまえとしても撤回するわけにはいかんだろうしな」

本明は巧妙に出向の件でダメを押し、腹の中では、新井をブラジルへ飛ばして、決定的な差をつけておきたいと考えていた。

新井と本明が話をしているとき、西村は社長室で池上と対峙《たいじ》していた。池上の忠実な腹心で、イエスマンに過ぎない西村にしては果敢な行動であった。

「社長、申し訳ありませんが、新井部長の出向の件はお諦《あきら》めください。どうしても承諾してもらえません。左遷は甘んじて受けると申しております」

「おまえもせっかちだな。来週いっぱい時間を与えたはずだが」

「はい。ただ、ブラジル以外の別のポストを考えさせていただきたいと思いまして」

「それはならん」

池上が一言のもとにはねつけた。

「新井部長は、どうしてもブラジルへ転勤しろといわれたら、会社を辞めざるを得ないと申しております」

「なに！」

池上は激昂《げっこう》した。顳顬《こめかみ》の静脈を浮き上がらせ、咆哮《ほうこう》した。

「新井をここへ呼べ！」

西村は逃げ出したくなったが、勇気をふりしぼって言った。

「奥さんが病弱で、海外勤務は無理のようです」

「それなら、なぜ出向を受けんのだ。いいからすぐ新井を呼べ」

西村は、いったん社長室を出て、秘書に、

「新井部長を呼んでください。席にいなかったら、人事部長のところだと思います」

と、ふるえ声で告げた。

新井の顔をみるなり、池上が吼《ほ》えたてた。

「きさま、わしを威《おど》かしてるつもりか。会社を辞めるだと！　それでわしが引き下がると思ったら大間違いだぞ。おまえなどは歯車の一つに過ぎん。それもスペアはいくらでもある歯車だ。思いあがるにもほどがある」

「私は別に思いあがってるつもりはありませんし、自分が歯車の一つに過ぎないことも心得ているつもりです」

新井は自分でも不思議なほど冷静だった。

それに反比例して、池上は胴ぶるいがでるほど一層たけりたった。

「きさま、わしの顔に泥を塗り、ワイフまで愚弄《ぐろう》して、それでいいと思ってるのか。ブラジルへ行ってもらうぞ。この一週間の間によく考えろ。それが厭なら出向を受けるか会社を辞めるかどっちかだ！」

西村がおろおろと口をはさんだ。

「社長、私からもお願いです。新井部長の気持ちも汲《く》んであげてください」

「うるさい！　おまえの出る幕か」

とりつくしまもなかった。

池上がなぜこれほどまでにいきりたつのか、新井にはわからなかった。池上にしてみれば辞令一枚で片づけられるところを、まわりくどく西村から新井の意向を打診させたのは、公私混同していることのうしろめたさが多少はあったからこそだ。こっちが下手《したて》に出ているのに、思いもよらず肘鉄《ひじてつ》を食わされ、恵美子のやり方が気に入らないと差し出がましい口ばしを入れられたうえ、会社を辞めると威しまでかけてきた。図に乗るのも大抵にしろ、なんというふざけた野郎だ、と池上は腹の中が煮えくりかえっていた。しかも、新井の側の事情を知らない池上は、新井が青臭いスジ論だけで従わないと思っていたから、よけい神経を逆撫《さかな》でされたような気持ちになっていたのである。

2

「新井部長」

と、背後から声をかけられて、新井はハッとして振り返った。

地下鉄虎ノ門駅の近くで、社長秘書の中川幸子が小走りに距離をつめてきた。

「黙って通り過ぎるなんて、ずいぶんじゃありませんか」

幸子は声をかけられなかったことでプライドを傷つけられたとでもいいたげに、かるく新井を睨《にら》んだ。婀娜《あだ》っぽい眼に、新井はたじたじとなった。

考えごとをしているときに足早になるのが新井の癖だが、見なれているグラマーの幸子が眼に入らなかったほどだから、よほどどうかしていたのだろう。

「気がつかなかったんだ」

「そんなに急いで、まだお仕事ですか」

「いや、帰るところだ」

「それじゃ、横浜までご一緒させてください」

「そうか、きみは横浜だったな」

「なんだか迷惑そうな返事ですね」

「そんなことはないよ。実はまっすぐ帰ろうかどうか迷ってたんだ。一杯飲みたい心境なんだが、つきあってくれるかい」

肩を並べて歩きながら新井が言った。社長の様子を聞いてみたい欲求が強かったのである。

「まあ、うれしい。私でよかったら、喜んでお伴させていただきますわ」

幸子は、ひたいにかかるほつれ毛を手ではらいながらうれしそうに言った。

社長付の女性を食事に誘うのは勇気の要ることだ。とくに幸子のように七年も秘書をやっている女は、社員から特別な眼でみられがちで、相当豪気な独身社員でも言い寄る元気はないとみえる。

二人は地下鉄で銀座へ出た。四丁目の交差点の、銀座通りを挟んで三愛の真向かいのサッポロ銀座ビルの三階にフランス料理を食べさせる店がある。モンセニュールというしゃれた名前で、コックの腕もたしかで味にうるさい者でも満足させられる店だ。

新井は以前光陵商事の先輩に紹介してもらったのだが、サンライト電子工業と取引関係のあるフランスの家電メーカーの幹部が来日したとき、この店で接待してえらく気に入られて以来、たまには利用するようになっていた。西洋料理が食べたいという幸子の希望を容《い》れて、ここへやって来たのだ。

新井は、レジから自宅へ電話を入れ、食事をして帰ることを真理子に伝えてから、奥の隅のテーブルへウェイターに案内してもらった。

先に着いていた幸子が新井を見上げた。

「素敵なお店ですね」

「ピアノの向こう側にスペシャルシートがあるんだけど、満席らしい。リザーブしてなかったから」

そんなことを言いながら、新井は革表紙のメニューをひらいた。オニオングラタンスープ、若鶏《わかどり》の薄切り白ワイン蒸し、果物のサラダ、それに赤のワインを注文し、幸子もそれにならった。

「部長さん、なんだかひどく急いでらしたから声をかけるのを遠慮しようと思ったんですけど、よかったわ。こんな素敵なところへ連れてきていただけて」

あたりに眼を配りながら幸子は言い、コップの水を一口飲んだ。

「僕のほうこそ一人で出てきてよかったよ。部の連中を誘おうかと思ったんだけど、なんだかみんなに敬遠されてるような感じで、遠巻きにされてるような妙なムードなんだ。気のせいかもしれないが……」

新井は微笑を浮かべたつもりだったが、表情がこわばっていた。新井は、海外事業部の部下の多くが心配してくれてることがよくわかっていたし、なんとか話しかけたくてみんながうずうずしていることも察知していたが、新井のほうで意識的に壁をつくり、寄せつけない雰囲気をつくりだしていた。出向の件ははっきり結論が出るまで口にしたくなかったし、新井が武邦に示した態度で、触れてもらいたくないらしいということを部下のほうが汲んだ結果、どこかちぐはぐな空気になっていたのである。

きょう池上社長にカミナリを落とされたこともいずれ社内に伝わるはずだが、さすがに新井は、窮地に立たされていることを深刻に受け止めないわけにはいかなかった。

出向に応じるか、ブラジルへ転勤するか二者択一を迫られ、厭《いや》なら会社を辞めるまでだと最後通告を突きつけられては、いかに新井といえども進退きわまったかたちで、社長室を出てから、仕事も手につかず、ずっとあれこれ考えていた。

上司の岡本常務が若い部員を二人従えて台湾へ出張し、韓国、シンガポール、香港まで足を延ばして、東南アジアなどのパーツ市場を視察してくることになっているため、三週間ほど留守にしていることも、新井にとってマイナスの材料になっていた。相談相手が西村一人では、はなはだ心もとなかった。出向かブラジル以外に選ぶべき途《みち》がないとすれば、ブラジルより出向を選択すべきであろう。

池上がブラジルを持ち出してくれたことは、出向を受けやすくしてくれたといえる。

妻の真理子に因果を含め、入院でもさせて、エコーの再建に取り組むことも考えてみたが、光陵商事時代の修羅場の再現に、心身ともに激しくアレルギーを起こしていることを新井は意識しないわけにはいかなかった。

それ以上に、あの絶望的な真理子の顔を再び見るようなことがあってはならなかった。

エコーの実態がどの程度のものか把握していたわけではなかったが、乗りかかった船から後へは戻れないことがはっきりしている限り、最悪の事態を考えておかなければならない、そう新井は思っていた。光陵商事時代の体験から家庭環境まで綿々と手紙に認《したた》めて、池上の情に訴えることも考えてみたが、おそらく一笑に付されるのが落ちだろう。真理子を置いてブラジルへ単身赴任することは考えられないか。それこそ、人間としてゆるされることではない。どうして、出向が俺でなければいけないのか、何故、出向を受けなければブラジルへ行かされるのか、ほかに方途がないなどということがあっていいはずはない——結局、新井の思考はそこへ到達してしまう。

「おいしいわ」

粉チーズをたっぷりかけたオニオングラタンスープをひとくち啜《すす》って、幸子が大きな眼をみひらいて言った。

「社長なにか言ってなかった」

「いいえ。ただ、むやみに怒りっぽくなってましたから秘書室長も私もなるべく寄りつかないようにしてたんですけど、あの人はお天気屋で、すぐ直りますから心配いりませんわ」

幸子はスプーンでスープをかきまぜながら眼を伏せて言ったが、あの人、という言い方に、新井はちょっと驚いて、幸子の顔を凝視した。眼鼻だちのはっきりした美人だが、蠱惑的《こわくてき》な眼差《まなざ》しがいかにも男好きする感じだった。歳《とし》は二十七になっていると聞いている。

「ご存じですか、社長が来週いっぱいお休みになるの」

「そうらしいね」

「おかげで私は失業です。有休をとってもいいって言われてるんですが、家にいてもつまりませんから」

「社長の入院先わかるかい」

「ええ」

幸子は私立系の大学病院の名前を口にして、

「でも、内緒ですよ。私しか知らされてないんです」

と念を押した。

「それだと、僕がお見舞いに行ったらまずいかな」

「そうですね。よしたほうがいいと思うわ。かえって藪蛇《やぶへび》になるんじゃないかしら」

幸子のつれない返事に新井は苦笑した。この女がどの程度事情を承知しているかわからないが、病院までご機嫌伺いに出かけても良い結果が出るとも思えないのに、一瞬そうした気持ちになった自分の心情がわれながら情けなくて、新井は不味《まず》そうにスープをすすった。

幸子は若鶏の薄切り白ワイン蒸しにも美味《おい》しいを連発し、舌つづみを打っていたが、新井は気持ちが食事に集中できず、料理を賞味するゆとりもなく、いつの間にか食事が終わっていた。

幸子がスカートの裾《すそ》をひるがえしてトイレに立った間に、新井はレジで支払いを済ませた。伝票にサインを求められたとき、新井は「きょうは社用じゃないから」と現金で払った。

「新井さんはお堅いのね。それではサービス料はいただかないことにします」

従業員に社長と呼ばれている眼鏡の中年女性がわざわざレジまでついてきて、気を遣ってくれた。

その女性のすぐうしろから黒っぽいスーツの若い男がヌッと顔を出し、新井の背後にまわって、テーブル・ナンバーをレジに告げた。

その若い男が、新井たちの隣席のテーブルからなにげない風を装《よそお》いながら小型カメラを向けていたのを新井は気づかなかった。テーブルの位置がコーナーにあって、二人が窓を背にした恰好《かっこう》で座ったため、男の位置が死角になっていたのである。

男は支払いを済ませて階段を降りて行った。

やっと幸子がトイレから出てきた。エレベーターで一階へ降り、ビルの玄関へ出たところで、幸子が、新井の腕を取らんばかりの風情《ふぜい》で躰《からだ》を寄せてきた。

「新井さん、どうもご馳走《ちそう》さまでした。ほんとうに美味しいお店だわ」

「それはよかった」

新井は答えて、幸子から躰を離した。

3

新井と幸子が食事をしているところと、銀座のビルのエレベーターの前で肩を寄せ合うようにしているうしろ姿の四つ切りのスナップをかざすようにして眺めていた武邦が、にやにやしながら言った。

「敵はとうとう網にかかったわけですね」

「あのお体裁屋、レストランで自腹を切ったらしいが、この写真はどうとでも理屈がつけられるな。ちょっとピントがぼけてるし、露出不足なのが気に入らんが」

本明は、ソファから脚をテーブルの上に伸ばして、悠然と煙草《たばこ》をくゆらせていた。

「かえって臨場感があって、迫力がありますよ。しかし、ほんとうにめしを食っただけなんですかね」

「ああ、新井にそんな度胸があるもんか」

「中川って、ちょっといかす女ですが、新井部長がひと押ししたら落ちたかもしれませんね。この写真はいかにもそんな感じですよ」

武邦は乱杙歯《らんぐいば》を剝《む》いて、ニタッと笑った。

「だからこそ切り札になるんじゃないか。社長、びっくりするぞ。もしかしたら、あの女は社長の持ち物かもしれんからな」

「ほう。なにか確証でもあるんですか」

武邦はでれっとゆるめた顔を本明のほうに近づけた。

「さあな。しかし、憎からず思っていることは確かだろうぜ。たくさんいる女の子の中から自分であの女を秘書につけて、もう六、七年になるんじゃないか」

「社長はグラマーが好きですね」

「ところでだ。問題はこれをどうするかだ」

本明はテーブルから脚をおろし、煙草を灰皿に投げ捨てて顎《あご》をしゃくった。

「部長から社長のお宅へ届けたらいかがでしょう」

「それじゃ、まるで俺が新井の足をひっぱるように画策しているみたいにとられてしまうじゃないか」

本明は即座に首を横に振った。人は誰しも自身のことは見えないものだが、本明も矛盾に満ちた自己のせりふに気づいていなかった。

武邦もさすがにあきれ顔で、返す言葉が見当たらず、頬をさすっている。

「この写真をきみに貸すから、俺宛《あて》に速達で送ってくれ。もちろん匿名《とくめい》でいい。手紙も添えてくれればなお結構だが、めんどうなら写真だけでいいぞ」

「なるほど投書というわけですね。それなら直接社長に宛てたほうが手間が省けるんじゃないんですか」

「いや、俺宛のほうがいいんだ。ちょっと考えがある。どっちにしても、これで新井のブラジル行きは決定的になるな。新井のやつ、本当は出向を受ける気でいるんだろう。有利な条件を引き出そうとして、ぐずぐずしてるんだろうが、そうはさせん」

本明は口の端を歪《ゆが》めて言った。本明は、この写真を女帝に接近する足がかりにしようと考えていたのである。

武邦は月曜日の夕方、本明と人事部の部長応接室で打ち合わせたとおり、あくる日の朝、厚紙の間に挟んだ二枚の写真に手紙を添えて、投函《とうかん》した。本明の手もとに届いたその手紙には、「偶然のことから、見てはならぬものを見てしまいました。私事にかかわることなので、詳しいことは言いたくありませんが、サンライト電子工業の幹部社員としてはふさわしからぬ不用意なことと存じます。厳重に注意ねがいます」という意味のことが書かれてあった。

本明が、新井のことで話したいことがあると恵美子に面会を求め、銀座のエコーの社長室を訪れたのは水曜日の午後のことだ。しかし、恵美子の反応は本明が予期したほど大きくはなかった。いまさら、池上のほうへ方向転換するわけにもゆかなかったが、できることなら、その写真と手紙をそのまま持ち帰りたいと思ったほどである。

本明は気勢をそがれ、がっかりしたが、「おとうちゃまとあとで相談するわ」と言った恵美子の言葉を頼りにするほかはないと思った。

木曜日に発行される週刊誌のゴシップ欄に、次のような記事が掲載された。

大手パーツ・メーカーのサンライト電子工業のオーナー社長、池上堅太郎氏といえば、一代で同社を町工場から大企業に育てあげた立志伝中の猛烈経営者として知られているが、オーバー・ホールのため入院するなど、このところいま一つ精彩がない。十年余り前に二廻りも年下の美人のほまれ高い恵美子さんと再婚してから、カドが取れてまるくなったと財界スズメは噂《うわさ》したものだ。池上社長の驥尾《きび》に付して恵美子夫人の方もファッション企業やゴルフ場などを幅広く経営し、その女傑ぶりはつとに知られている。最近はテレビにも進出し、〝うちのおとうちゃま〟を連発するあたり、なかなかの夫唱婦随ぶり。もっとも、恐妻家池上堅太郎の名前は社内に轟《とどろ》いているというから、人は見かけによらないものだ。池上社長が意気上がらない理由の一つに、恵美子夫人が経営するエコーの不祥事をあげる向きも少なくないが、過剰投資なども手伝って、内情は火の車とか。もちろん、恵美子夫人が個人的に経営する会社が倒れるようなことがあったとしても、サンライトの堅城はびくともするものではあるまいが、イメージダウンはまぬがれないところだ。それだけに池上社長もやきもきしているようで、遅ればせながらテコ入れに乗り出す構えという。

ところが、サンライトの部長クラスをエコーに派遣する方針を決めたそばから、当の実力部長に〝公私混同もはなはだしい〟と造反されて、オーナー社長の面目は丸潰《まるつぶ》れ。恵美子夫人の人事への介入は目に余るというのがサンライト社内の良識派の見方だが、そうなるとこの造反劇の根は深い。真相のほどはベールにつつまれたままだが、ワンマン社長が人事権まで夫人に委譲したとあっては、ことはおだやかではない。ひょんなことからお家騒動に発展しないとも限らないが、大社長の威光もとみに鈍りがちとはいえ、ここは池上社長のふんばりを期待したいもの。

総務部への問い合わせ電話が殺到し、池上の入院先を嗅《か》ぎまわる業界紙の記者まであらわれる始末で、社内は騒然となった。

いちばん驚いたのは新井だが、ニュース・ソースの犯人扱いするおびただしい視線に、新井は辟易《へきえき》した。

新井はその夜、恵美子に田園調布の池上邸に呼びつけられた。渋茶一杯で一時間近く待たされたが、恵美子は八時近くに漸《よう》く応接間に顔を出した。手伝いの女が説明してくれないのでわからなかったが、恵美子はいま外出先から帰ったばかりらしく、ベージュ色のスーツを着ていた。

「あんた、私がそんなに憎いの」

いきなり切りつけられるようにあびせかけられて新井は、挨拶《あいさつ》しようと中腰になったままの姿勢で、小さく頭を下げて、肘掛椅子《ひじかけいす》に座り直した。

「これ、あんたの仕業でしょう」

恵美子はソファに腰を落とし、週刊誌をふりかざした。

「いまの私の立場では疑われても仕方がないと思いますが、まったく身に憶《おぼ》えのないことです」

新井はまっすぐ恵美子の眼を見て言った。

恵美子は充血した燃えるような眼で新井を睨《にら》み返した。

「この期《ご》に及んでシラをきるなんて、正義派ぶってるあんたらしくないじゃないの」

「絶対に私ではありません」

「あんたじゃなければ、誰が書いたの。おとうちゃまの入院を知っているのはサンライトでも数人のはずだし、これが内部から出ていることは間違いないじゃない。あんたじゃないというなら反証を出しなさい」

「週刊誌にしゃべった者が名乗り出てくれない限り、それは無理です。私を信じていただくほかはありません」

「それは虫が良すぎるんじゃないの。もし、あんたが私の仕事を手伝ってくれるんなら、なかったことにしてもいい、忘れてあげてもいいわよ」

「それとこれとは次元の異なる問題ではありませんか」

新井はやたらに口喉《くち》が乾いた。湯呑《ゆの》みを手に取ってみたが、茶殻が底のほうに沈んでいるきりだった。それでも新井は茶碗《ちゃわん》を口へ運んで、ひとしずくで唇を湿した。

恵美子が中座し、ブランデーの用意をして戻ってきた。

ブランデーグラスにレミーマルタンの瓶を傾けながら、恵美子はちらっと新井を見上げて言った。

「ほんとうにあんたじゃないのね」

「もちろんです」

「それなら、週刊誌の記者を買収してでも犯人を突き止めてやる」

「奥様の気の済むようになさってください。ただ、私だったら黙殺しますが」

「あんたもひとこと多いわね。さあ、飲んでちょうだい」

「いただきます」

新井はブランデーを舐《な》めただけで、グラスを置いて、氷水のタンブラーに持ちかえた。ごくんと喉《のど》ぼとけを動かして水を飲んだ。

恵美子の眼があやしくひかった。

「これなんなの。あんたも隅に置けないわね」

恵美子がソファの脇《わき》に置いてあったアタッシェケースをひらいて、大型の茶封筒をとり出し、テーブルの上に投げ出した。

「おもしろいものだから、見てごらん」

その封筒が本明宛になっているのを認めて、新井は訝《いぶか》しげに首をかしげた。しかも、ご丁寧なことに、サンライトの社名が刷り込まれた茶封筒であった。

恵美子が新井の挙措を見逃すまいと、じっと眼を凝らしている中で、新井は封筒の中から例の写真と手紙を引っぱり出した。新井が眉《まゆ》をひそめたのを見てとって、恵美子が言った。

「どうやらこっちのほうは、身に憶えがありそうね」

「ええ。ここに写っているのは、間違いなく秘書室の中川君と私です。先週の金曜日に会社の帰りに偶然一緒になったので、食事をしましたが、それがどうかしましたか」

「食事だけ。それにしては、二枚目の写真は莫迦《ばか》に親密そうね。手紙を読んでごらんなさいよ。なかなか暗示的な思わせぶった手紙じゃない」

新井は手紙に眼を走らせ、

「下種《げす》の勘ぐりという以外に言いようがありません。まったく、くだらん」

と、吐き捨てるように言った。

恵美子は自分のグラスにブランデーを注ぎ足した。

「それが演技だとしたら、あんたも相当なものね」

「本明君のところへ投書があったというわけですね」

「そのようね。本明はずいぶん心配してたわよ。私の胸にたたんでおいてくれ、なんて殊勝なことを言ってたから、本明の名前は出したくなかったんだけど……」

「どうして、私に直接言ってくれなかったんですかね。水臭いやつです」

新井はそう言いながら、週刊誌の記事も本明が手をまわしたのではないか、という疑念が頭をよぎった。

「そこがあの男の油断できないところよ。おとうちゃまは買ってるし、仕事のできることは認めるけど、もうひとつぴんとこない。私が本明よりあんたを買ってることは認めてくれるわね」

恵美子は、新井を見つめた。

「ありがたいと思ってます」

「そこで、きみと最後の談判をしようってわけなの」

急に酔いが廻ってきたとでも言いたげに、恵美子はわざとらしく舌足らずな口調で言って、誘い込むような眼を向けてきた。

「さしずめ強談判《こわだんぱん》っていうところかな。英語でいえばタフ・ネゴシエーションっていうわけね。本明は自分で売り込んできたわ。いつでも、喜んでお手伝いさせてもらうって。あんたに断られたら、不本意ながらそうしなければならないわけね」

「本明君なら、うってつけだと思いますが。私にはどう考えても不向きな仕事ですし……」

「どうしても厭《いや》なのね。私も嫌われたものね」

恵美子がブランデーをあおった。

「好きとか嫌いという問題ではありません」

「私が嫌いじゃないんなら証拠をみせてよ。中川って女に言い寄ったみたいに、私にもしてみせて。どうせやったんでしょう。あの女は抱けても私は抱けないの。それともおとうちゃまが怖い？」

恵美子がにじり寄って来た。

「奥様、冗談はやめてください」

新井は、起《た》ち上がって、あとじさった。

「いまのはほんの座興よ。私が本気であんたなんかを誘惑してると思ったら大間違いだわ。この週刊誌と写真だけでも、あんたが会社を辞めなければならない理由は十分あるけど、そうしたくないんなら、来月からエコーへ出向しなさい。おとうちゃまはあした退院するから、なんなら、おとうちゃまに言わせてもいいのよ」

女帝の誇りがそうさせたのかもしれないが、その振幅の揺れは、同じ人間とは思えないほどすさまじいものだった。

新井はしばらく呆然《ぼうぜん》と立ちつくしていた。

第八章　十年早い定年

1

新井はめったに会社の話を家庭に持ち込むことはしなかったが、土曜日の夕食のあとで、ブラジルへ出向の話があることを真理子に伝えた。

「もちろん、受ける気はないよ。どうしてもと言われたら、会社を辞めるまでだ」

新井は、すっかりふさぎ込んでしまった真理子を元気づけるように快活に言ったが、真理子は、いつもの明るい顔に戻っていた。

「あなた、お仕事なら仕方ありませんわ。私はいままで、あなたにわがままばかり言ってきたのですから、今度こそ我慢します。光陵商事でニューヨークのお話があったときも、あなたはお受けにならなかったでしょう。あのときも、私のことを考えて光陵商事をお辞めになったのではなかったのですか」

「絶対にそんなことはない」

新井は、真理子の淹《い》れてくれた焙《ほう》じ茶を喫《の》みながら、力をこめて答えた。

「一生ブラジルに行ってしまうわけでもないのでしょう」

「せいぜい二年ぐらいだと思うけど、本当に行く気はないんだ。なにしろブラジルは遠いからね」

「私もご一緒したいけれど、ブラジルでは無理ね。でも、二年ぐらいはすぐ経《た》ってしまいますわ。お勤めがサンライトへ替わってからもう八年も経つんですから、二年ぐらいなんでもないわ。あなたがブラジルの転勤をお受けにならないと、私が辛《つら》くなります」

「受ける受けないは、きみには関係ないよ。しかし、きみがそこまで言うんなら、考えてみよう」

新井は冗談のつもりだったが、真理子は真に受けたらしく、

「ぜひそうなさってください」

と、殊勝に言って、台所へ起《た》って行った。

真理子はせいいっぱい強がってみたものの、洗いものをしながら、涙ぐんでいた。足手まといになっていることが辛かったのである。

翌朝、新井が起きぬけに、

「ひと晩考えたけど、やっぱりブラジルへは行きたくないな。断ることにするよ。それで会社を辞めるようなことになっても、きみは心配することはないぜ。だいたい僕は飽きっぽい性質《たち》だから、ひとところに十年いるのが限度なんだ。サンライトもそろそろ飽きたよ」

と、くだけた調子で言うと、真理子は一瞬表情を輝かせたが、新井の胸中を察してるらしく、ゆっくりとかぶりを振った。

「あなた、そんな無理をなさらなくていいのよ」

「いや、無理なんてしていない。誰だってブラジルなんかへ喜んで行く者はいないよ。ま、きみの顔ばかり見て暮らすのも飽きたから、一人で転勤というのも悪くはないが、ブラジルじゃ気がすすまんね」

「会社を辞めるようなことはしないでくださいね」

真理子は、ぎこちない笑いを浮かべて、うつむいた。

新井は、ことさらに茶化すような口調を変えなかった。

「とにかく、会社のことは僕にまかせてもらおう」

あと、何年生きてくれるのだろうか——。五年以上は保証できない、という医師の言葉がまたしても新井の頭をよぎった。あと一年か二年か。いま、こうして生きつづけていることは僥倖《ぎょうこう》と考えなければいけないのだろうか。

どんなことがあっても、真理子を悲しませるようなことはできない、と新井は思った。

「まじめな話、僕はブラジルへ行く気はない。きみには会社のことはわからないだろうが、ブラジルの転勤の話は、到底受けられるようなことではないんだ。つまり、男としてこんな理不尽な話に唯々《いい》諾々《だくだく》と従うわけにはいかない」

「ほんとうに、私とは関係ないのですか」

「そうだよ。いずれ決着がついたらきみにも詳しく話すが、きみは僕を信じて、黙って眺めててほしい」

深刻な話のわりには、おだやかな新井の語調に、真理子は救われる思いがした。

「あなた、この家を売って、どこか別のところへ引っ越しましょうか」

「以前も、そんなことを聞いた憶《おぼ》えがあるけど、どうして?」

「この家、方角が悪いのではないかしら。あまり良いことがないんですもの」

「つまらんことを言いなさんな。実は、ちょっと考えてることがあるんだ」

新井は、茶を喫みながら、周りをぐるっと見まわした。

真理子は、新井がテーブルに置いた湯のみに、急須《きゅうす》の焙じ茶を注いで、話の先を待った。

「これは、まえから感じていたことなんだが、僕は二十年ほど会社に勤めて、ビジネスマンとして適性を欠いているような感じがしてならない。本明のように、社長の椅子《いす》をめざして遮二無二突進する生き方も、それはそれでいいと思うが、できたら競争社会から足を洗ってしまいたいと考えているんだ」

「会社を辞めてどうなさるんですか」

真理子はさすがに心配そうに、新井を見上げた。

「学習塾はどうだろう。むかし、浅岡化工の社長さんの息子さんの英語の勉強をみてあげたことがあったが、実に楽しかったな。途中でお役ごめんになってしまったけど、英語ならすこしは自信がある。人にものを教えるというのは張り合いがあるし、僕なりに情熱をもって取り組めるような気がするんだ。なんなら、この家をすこし改築して、ここで始めてもいいんじゃないか」

新井は、浅岡一郎の丸いにきび面《づら》が懐《なつ》かしく思い出された。志望どおり早大に進学し、一人前の社会人になってるだろうか……。

「十年ほど早く定年がやって来たと考えればいいだろう。真理子どう思う」

真理子は、夫の顔をみつめた。

「あなた、ほんとうにそれでよろしいの。そんなに簡単に会社を辞めることができて?」

「大丈夫だよ。気持ちの整理はもうついてるんだ」

「でも、私はあなたが無理をなさってるような気がしてならないわ。あとになって後悔なさるようなことはありませんか」

「そんなことはない」

新井は、真理子の眼を凝視した。サラリーマンにとって、安息の場所、安住の地は果たしてあるのだろうか。サラリーマン稼業《かぎょう》に訣別《けつべつ》することに、なぜもっと早く気がつかなかったのだろう、と新井は思った。ゆくさき短い真理子と静かに暮らしていくには、これがいちばんではないか。

「十年早い定年か」

新井がつぶやくと、

「私も賛成です」

と、真理子がほほえんだ。

「よし、決まった。四月三十日を僕の定年の日としよう」

新井は思いきりよく起ち上がって、書斎にこもって辞表の準備にかかった。

2

四月二十四日の月曜日、新井は出勤するなり、部長付の女性社員から、社長がお呼びです、と告げられた。

秘書の中川幸子から三度も催促の電話があったという。春闘がヤマ場にさしかかり、その影響で電車が遅れ、出勤したときは十時に近かった。

新井は眦《まなじり》を決して池上の前に立った。

「お呼びでしょうか」

「こないだ家へ来てくれたそうだな」

「はい。奥様から来てほしいと連絡がありましたので、社長のお留守中にお邪魔させていただきました」

「それで、おまえの返事はいまも変わらんのだな」

「申し訳ありません」

「そうか。すると覚悟はできているというわけか」

池上はつぶやくように言った。いつもの居丈高な様子ではなく、いやに静かな口調だった。それがかえって、新井の胸に重くのしかかってくるように感じられた。

「ワイフにこなをかけたというのは本当か」

「はっ？」

「ワイフはおまえに手籠《てごめ》にされそうになったと言っておったぞ」

新井は呆気《あっけ》にとられて佇立《ちょりつ》したまま、口もきけずに池上を見おろしていた。

「酒のうえとはいえ、よりによってわしのワイフに狼藉《ろうぜき》に及ぶとは……。なんとか言ったらどうだ」

池上が掌《てのひら》で机を打った。

「そんな事実はありません」

「しかし、ワイフはこんな侮辱を受けたのは生まれて初めてだと言っておったが」

「なにかの間違いです」

「すると、なにか、ワイフのほうから誘い込んだとでも言うのか」

「いいえ」

新井はかぶりを振った。

池上は、机から躰《からだ》を離し、椅子に背をもたせて眼をつむった。恵美子のほうから新井に言い寄る可能性もあると考えていたが、こうなると、言うことをきかない新井をクビにしたい一心で、恵美子がつくり話をしたとしか思えない。

「おまえ、わが社のＯＬに懸想《けそう》してるそうだが」

「そのことも奥様にお話ししてあります。中川君と食事をしただけです」

「けさ、中川に写真をみせてやったら、けらけら笑いおった。おまえのような堅物には興味がないそうだ。しかし、二人で口裏を合わせれば、なんとでも言いのがれはできる。どうだ、女の問題にはわしは寛大だぞ。もしおまえと中川がねんごろになったんなら、褒めてやりたいくらいのものだ。正直に言ってみろ」

池上は机に肘《ひじ》をついて、険しい顔で新井を見上げた。

「なんと言われましても、ただ食事をしただけですから」

「週刊誌の件はどうなんだ」

「その件につきましても、この写真のことにしましても、社長は私をお疑いのようですが、すべて私の不徳の致すところ、というほかはないと思います。出向の件も、ブラジルへの転勤もお引き受けするわけにはまいりませんので、この際、責任をとらせていただきます」

新井は内ポケットの白い封筒を出し、一歩進み出て、池上の机の上に置いた。昨夜のうちに辞表を用意したものの、さすがに池上の前に立ってみると決心が鈍りポケットから出せるかどうか迷いがないでもなかったが、いまははっきりと気持ちに区切りをつけたつもりだった。

「おい、こんな早まったことをしてもいいのか。就職のあてはあるのか」

「しばらくゆっくり骨休みしたいと思っています」

「世の中甘くないぞ。雇用問題は日々厳しくなっておる。サンライトの給料は、そうかんたんには取れんぞ」

「会社勤めをするつもりはありません」

池上は内心の動揺を隠すように、回転椅子を廻して、新井に背を向けた。そして、そのままの姿勢で言った。

「去る者は追わないのがわしの流儀だが、一日だけ考える時間を与えよう。それまで、辞表はわしがあずかっておく。他言は禁ずるぞ。きょう一日禁足を命じる。席を離れてはならん」

「わかりました。失礼させていただきます」

新井は池上の背に向かって低頭した。

池上はしばらく考え込んでいたが、銀座の雑居ビルにあるエコーの本社に電話を入れて、恵美子を呼び出し、すぐにサンライト電子工業へ来るように命じた。

手が離せない、とぐずぐず言う恵美子に、

「重大なことだ。いいから来なさい」

と、池上は語気を荒げた。

そして、秘書を呼んだ。

秘書室長の渡辺がやってきた。幸子は席を外していたのである。

「十一時からの会議は取り消してもらいたい。間もなく、ここへワイフが来るから通してくれ。誰も来てはならんぞ。茶など持ってくる必要もない」

渡辺が引きとったあと、池上はいらいらしながら時計ばかり見ていた。

恵美子があらわれたのは一時間ほどしてからだった。

「なによ、おとうちゃま。私だって忙しいんですからね」

恨みがましく言って、恵美子は脚を投げ出すように腰をおろし、ハンドバッグのシガレット・ケースをとり出して、セブンスターを抜いて口に咥《くわ》えた。

どこかしら、ふてくされたような蓮《はす》っ葉《ぱ》な立居振る舞いに池上の眼には映った。

「おまえは、わしまでたぶらかすつもりか」

池上は、恵美子と並んでソファに腰かけながら言った。

「なんのこと」

「新井に侮辱されたというのは間違いないか」
「私と新井のどっちを信用するの」
恵美子は、池上に気圧《けお》されて、咥えたばかりのセブンスターを灰皿に捨てた。
「誤解されるようなことがあったかもしれないが、おまえを手籠にする気はなかった
と新井は言っておる」
「そう。それじゃ私の言ってることが正しいわけじゃない」
恵美子は挑むように言った。
「それは、新井のせいいっぱいの譲歩ではないのか。おまえを庇《かば》いだてしているよう
にわしには思えたが。わしは、もちろんおまえを信じている。おまえのほうから新井
を誘い込むようなことはよもやないと思うが、そこのところは新井も認めていた。要
するに、おまえは腹いせで新井をクビにしたくて、わしにつくり話を吹きこんだんじ
ゃないのか」
池上は喉《のど》が渇いたが、テーブルに茶がないので、自席から水差しの水をコップにつ
いで、また、ソファのほうへ引き返してきた。
今度は恵美子と向かい合うかたちで座った。
「新井は、おまえやわしに誤解されるようなことがあったのは不徳の致すところだと

いって、辞表を出したぞ」

　恵美子は一瞬ハッとしたようだが、虚勢を張って言った。

「不徳の致すところなんて、どこまで気障（きざ）なやつなんだろう。きっと週刊誌のことなんかで責任を感じたんでしょう。辞めたいっていうものはしょうがないんじゃない。懲戒解雇ものだけど、依願退職扱いにしてやったらいいわ」

「新井を慰留しなくていいのか。あとで悔いが残るぞ。あの男は、わしの期待に十分過ぎるほど応（こた）えてくれた。会社に対する貢献度は、ヘタな役員どもなど足もとにも及ばない。みんな減点主義に徹して、失敗を恐れて得点をあげようとしないから、わしがいちいち指図しなければならんのだ。ところが、新井は違う。前にも話したことがあるかもしれんが、オイルショック後の五十年三月期決算でわが社は創業以来初めて経常損益の段階で赤字となった。売り上げが一挙に三五パーセントも落ち込めば、それも当然だ。わしも大いにあわてた。付け焼き刃とは思ったが、社内に合理化推進委員会を設置して、社内のキレ者を集め、わしが自ら委員長になって、合理化を推進することになった。初めての会合で、みんなに思い思いの意見を出させた……」

　池上は、遠くをみるような眼を窓のほうに向けた。往事を思い出していたのである。

第一回合理化推進委員会の席上、本明がいきなり発言を求め、サンライトは一千人の余剰人員を抱えている。それを整理する必要があると切り出した。本社、工場、研究所、支店、営業所のセクションごとに細かい数字を並べ、データを駆使して、本明は得々と説明した。私なりにワークしたというだけあって、研鑽《けんさん》のあとがうかがえた。本明がしたり顔で池上の顔を見たとき、新井が微笑を浮かべて口を挟んだ。

「それでは本明君、きみから辞表を出すかい」

もちろん、ジョークであることはわかっていたが、本明が気色ばんでなにか言おうとしたとき、新井は手で制して話し始めた。

「失礼、いまのは冗談です。たしかにきみが指摘したことに合理性のあることは認めます。しかし、わが社には労働組合もあり、人員の合理化がいかに大変なことであるかはおわかりでしょう。人員整理などと軽々と口にすべきではないと思います。それをやるのは万策尽きたときでなければならない。わが社はまだそこまで活力が失われているわけではありません。それ以前にやるべき合理化対策はいくらでもあるはずです。サンライトで働くすべての従業員がこの会社に青春を捧《ささ》げ、生活と夢を託しているんです。いまの段階で、そのようなうしろ向きの合理化対策を出すことは絶対に避けるべきです。それと、アメリカの景気がすでに回復基調にありますし、内需も遠からず好転すると思います。ただ、当面は国内の投資をできるだけ手控えて、人件費などの安い台湾、韓国などの子会社を拡充する必要があると考えます。両国とも投資奨励策をとっており、税制面でも優遇措置がとられていますから、そのメリットも少なくないと思います。大切なことは四千人の従業員をいかに効率よく活用するか、それぞれのもてる力をいかに引き出すかです。人員整理などとあわてふためく必要はまったくないはずです」

新井は池上と本明にこもごも眼をやりながら切々と訴えた。そのあとで、新井と本明の間に多少の議論はあったが、本明にはフォロー勢力もなく、新井に一方的に押されてしまった。

新井の発言を契機にいろいろな合理化の具体案が出され、活発な討論が行なわれるようになった。

本明の発言で、合理化推進委員会のメンバーはみんなしゅんとして発言を封じられるかたちになっていただけに、新井はみんなの発言を引き出す呼び水の役目を果たしたのである。

池上は夢から覚めたように水を飲んだ。

「わしはぞくぞくするほどうれしかった。同時に自分の眼の確かさを内心誇りもしたものだ。三顧の礼で新井をスカウトした甲斐《かい》があった。しみじみそう思った。実はあのときはわしも弱気になっていて、人員整理はともかくレイオフくらいはやらなければいかんと思ってたんだが、眼から鱗《うろこ》が落ちた思いがしたものだ。わしは、社員から鬼のように言われとるようだが、これでも社員に対して愛情を持っているつもりだ。トップたるもの仕事の鬼だけであってはならんのだ。口はばったい言い方になるが、人格的にもサムシングがなければいかんと思っている。事業欲だけでは人はついてこない。新井こそ、わしの後継者として相応《ふさわ》しい男だと、そのとき確信した。一軍を率いるに足る資質を備えている。そう思ってずっとあの男を見てきたが、ますます確信を深めた。本明のようにもうすこし自己顕示欲があってもいいように思うが、部下を庇《かば》い、先輩をたてる、まったくケチのつけようがない男だ。新井にいろいろ経験を積ませることはあの男のためにもなると考えて、おまえの申し出を容れ《い》てやる気になったが、首を覚悟で反対している者の気持ちを踏みにじってそれを強行して良い結果が出るとは思えない。実は、わしも新井のやつを許せんと思った。ブラジルへ飛ばしてやろうとも考えた。しかし、新井に先を越されて辞表を出されてみると、やはりあの男を手放したくないという思いが強くなったのだ。それに事情はよくわからんが、家庭的なこともあるらしい。恵美子、考えてみろ。エコーの再建が新井でなければならないという必然性があるか」

「大変なお熱の入れようね。おとうちゃまが甘やかすから、あの男がつけあがるんじゃないの。一事不再理ということがあるけど、一度決めたことを撤回するなんておかしいじゃない。だいたい、ポストの選り好みのできる社員なんて聞いたことがないわ」

恵美子は一歩も引かなかった。

「それでは、この辞表を受理していいんだな」

恵美子は、池上の前を離れて、ゆっくり窓のほうへ歩いて行った。

池上は辛抱強く、恵美子の返事を待った。

「私に、あの男に喝采《かっさい》を送れとでも言うの。死んでも厭《いや》よ」

恵美子は、池上のほうに背中を向けたままの姿勢で言った。

「そうか……」

池上は悲しげな視線を恵美子の襟あしのあたりに注いで、低い声で言った。

「おまえがそこまで言うんなら仕方がないな。惜しい男だが、泣いて馬謖《ばしょく》を斬《き》るとするか。未練がましいが、エコーのことでもう一度だけ念を押してみよう。それでノーと言われればそれまでだ」

池上のほうを振り向いた恵美子の表情が、女帝の威厳を取り戻して、誇らかに輝いていた。

3

恵美子が社長室から出て行ったあと、池上は、新井を昼食に誘った。

芝愛宕山下の寺の境内に、精進料理を食べさせる店があるが、秘書に予約させて、クルマで乗りつけた。池上はクルマの中で、腕組みし眼をつぶっていた。虎ノ門の本社ビルからその店までクルマでほんの四、五分のところだが、新井は息苦しくなってそっとネクタイをゆるめたほどだ。

しもたや風の地味なつくりの料理屋の一室は、おどろくほど静かで、「いらっしゃいませ」と三つ指で迎えた仲居たちの挙措もたおやかで、池上にはおよそふつりあいな感じの店だった。

冷たい梅酒で喉を湿したあと、

「ビールをもらおうか」

と、池上が新井の同意を求めるように言った。

料理がひと品ずつ運ばれてくるが、最後にしるこが出てくるまで、池上はほとんど話らしい話をしなかった。気づまりな食事が終わったところで、池上が言った。

「おまえの存念のほどをもう一度だけ聞かせてくれないか。お互い、このままでは不幸だからな」

「………」

「わしにどうしてもわからんのは、たった一年やそこらエコーに出ることがどうしてそんなに厭なのか。ワイフを好いてくれとは言わんが、この程度のわしらのわがままを認めてくれてもよかろうと思うのだが。おまえが筋論で反対する気持ちはわからんでもないが、わしらはそんなに酷《ひど》いことをおまえに頼んでいるだろうか」

「おっしゃるとおり、私のほうがわがままなのです。しかし、会社の再建などという大役が私に務まるはずがありません。ミスキャストだということを申し上げたいのです」

「そんなに重大に考える必要があるかな。言うてみたら、ワイフがおまえの力量に惚《ほ》れ込んで、ちょっと手伝ってほしいといってるだけのことじゃないか」

池上は、手にしていた湯呑《ゆの》みを乱暴にテーブルに置いた。それがとんでもなく大きな音になって座敷の中にこだました。

「なぜ、わしの気持ちをわかってくれんのか。おまえが意地を張ってるとは思わんが、それなりにわしやワイフが納得できる理由を言ってもらわな、胸の中がもやもやして、すっきりせんじゃないか」

「………」

「多少の荒療治は仕方がない。人の整理もしてもらわなならんが、どうころんだって、たかだか資本金一億円の会社だ。おまえの好きなようにやってみたらいい。その結果については問わないと言っている」

「社長、この話はなかったことにしてくださいませんか。社長のお気持ちはありがたいのですが、私はサラリーマン稼業《かぎょう》と、はっきり訣別《けつべつ》しようと思っています」

「そうか」

と、池上は射るような眼を新井に向けた。

「それでは、辞表を受理してもいいんだな」

「はい」

「わしが折れて、慰留でもすると考えてるとしたら甘いぞ」

「………」

新井は、池上の眼を見返しながら、かすかにうなずいた。

「約束どおり、きょう一日だけ時間を与える。それで気持ちが変わらなかったら、あす手続きをとるように本明に話しておく」

池上は、怒りに燃える眼で、もういちど新井を睨《にら》みつけ、つと席を起《た》った。

新井は、すこし間をとってあとにつづいた。

玄関で、靴べらを手渡しながら仲居が言った。

「社長さん、なんですかぷりぷりなさって、この店は鬼門だなんておっしゃってました。先日は、マージャンでいためつけられたとか、碌《ろく》なことはない、なんて女将《おかみ》さんに当たりちらしてましたが、なにかございましたの」

「たいしたことではありません。ご馳走《ちそう》になりました」

新井は、仲居に会釈《えしゃく》して、料理屋を後にした。思い残すことはない。新井は、胸を張って寺の境内を歩いた。


池上は昼食から会社へ戻るなり、西村と本明を自室に呼んだ。西村がすぐに顔を出したが、池上は本明があらわれるまでソファに待たせて、自席でぼんやりと葉巻をくゆらしていた。

本明がいかにも忙しそうにあたふたと駆けつけてきた。

「新井がけさ、辞表を出したぞ」

池上がソファに腰をおろしながら言った。

「ほんとうですか」

西村はさかんにから咳《せき》を飛ばした。

「ずいぶん思い詰めたもんですね」

その瞬間、本明は新井に勝ったと思った。

「ひとごとみたいに言うが、新井をスカウトしてきたのはおまえじゃなかったのか」

池上は、喜色を抑制しかねているような本明をじろっと見た。

本明は、あわてて弛緩《しかん》した表情をひきしめた。

「わが友達ながら、今度ばかりはどうにもめんどう見きれないという感じがします。あいつ、なにを考えてるんでしょう」

「わしは辞表を受理するつもりだが、おまえたちどう思う」

池上は、西村と本明に等分に眼を遣《や》った。

「なんとか慰留できないものでしょうか」

西村がこわごわと言った。喉《のど》が渇くのか、咳ばらいをし、

「あれだけの人材を、勿体《もったい》ないと思うのですが」

と、応援を求めるようにそっと本明のほうをうかがった。

「本明の意見はどうだ」

「ことここに至っては致し方ないと思います」

「ふーん。そんなものかな」

不満そうな池上の口吻に、本明はしまった、と思ったが、ここは理屈をこねなければならないところだった。本明は、沈痛な面持ちで言った。

「新井を失うことは、私としてもほんとうに残念です。しかし、それ以上にトップの権威のほうを大切にしなければならないと思うのです」

「わしもそう思うとる……」

池上の言葉に、本明が内心ほっとしたのもつかの間であった。

「しかし、わしとおまえの立場は違うぞ。おまえの立場なら、新井を庇うべきだろうが」

「新井の性格を知ってますから。昔から、妙に依怙地《いこじ》なところのあるやつでした」

本明は口ごもった。

「それにしたってだ。嘘《うそ》でも、わしをとりなすのがおまえの立場だろう。違うか」

「もちろん、私なりにもう一度新井に出向の件を受けるように、念を押してみるつもりですが、ちょっと翻意させる自信がありませんので……」

本明はめずらしく、へどもどして顔に汗を浮かせていた。

「そいつはもう駄目だ。わしも諦《あきら》めてるが、わしとしては立場上、新井を慰留することはできんから、おまえたち二人がかりで、わしを宥《なだ》めたことにして、新井を引き留めろ」

「ありがとうございます」

西村がかすれたような声を出した。

「本明、おまえほどの男が、そこまで言われなければわからんのか。わしと何年つきあっとるんだ。おまえが留め男にならなくて、誰がなるんだ。気の利《き》かんやつだ」

池上に頭ごなしにやられて、本明はぶすっと押し黙った。

西村の前だけに余計こたえたが、それ以上に、池上をしてここまで譲歩させる新井に対して本明は猛烈な嫉妬《しっと》をおぼえた。

「いいか、わしはおまえたちに免じて不承不承オーケーを出したんだぞ。そこのところを間違えるな。わしが新井に対して未練を持っているなどと絶対にさとられてはならんぞ。ワイフの手前もあるしな」

「よく承知しております」

喉につかえてたものがすっきりしたらしく、西村がスムースに声を出した。

「それにしても、いい年をして、いまだに書生っぽみたいなやつだ。もうすこし分別臭いものがあってもいいと思うが……」

池上のいまいましげな口調に、西村は微笑した。西村は、新井に対する池上の気持ちに愛情めいたものを感じていた。

「海外事業部長は、しばらく空席にしておけ。担当の岡本に委嘱すればよかろう。新井は、サン・ステレオの常務付でしばらく様子をみるようにしたらいい。西村、あすの役員会で承認をとるように用意しろ。本明、おまえから新井に伝えるんだ」

池上は照れ隠しもあって、怒ったような顔で、てきぱきと指示した。

サン・ステレオというのは、サンライト電子工業と、スピーカーの専門会社が七対三の出資率で設立したカー・ステレオの生産会社で、社長は池上が兼務していた。

「社長、エコーへの出向は……」

本明が気をとり直して言った。

「ワイフとも相談するが、おまえに行ってもらうことになるだろう。そのつもりでいてくれ」

「はい」

本明が素直に答えた。ようやく気持ちが平静に戻ったようだ。

「新井の件は、わしからワイフにうまく言っておく。ワイフも時間が経《た》てば、気持ちが収まるだろう」

池上が気がかりそうな風情《ふぜい》をみせたが、西村も本明も気づかなかった。

西村は、社長室を出たとき、ただちに新井を自室に呼んで池上の気持ちを伝えたい欲望にかられたが、本明から伝えるように池上から指示されている以上、出過ぎたことはできないと思い、本明にまかせておいて大丈夫だろうか、と気遣いながらも、それをぐっと胸の奥へ押し戻した。

4

本明は早速、人事部長応接室に、新井を呼びつけた。

「辞表を出したそうだが、会社を辞めてどうする気だ」

本明は、テーブルに脚を乗せ、ふんぞり返って、尖《とが》った顎《あご》を撫《な》でながら言った。勝者が敗者を見下すような本明の態度に、新井は反発して、冷笑を顔に浮かべた。

「ずいぶんお行儀が悪いね。親しき仲にも礼儀ありということもあるよ」

本明はかっとしたようだったが、脚をテーブルからおろした。

「俺の質問に答えてくれ」

「はっきりしたことは検討してみたうえでなければ言えないが、学習塾でもやろうかと思っている」

「おまえ、そんなつまらんことを考えてるのか。おやじはかんかんに怒ってる。おまえに裏切られたと思ってるようだ。しかし、俺としては、おまえをサンライトに引っぱってきた手前、このまま黙ってみているには忍びないから、これでも気を遣って、おやじに懸命にとりなしたつもりだ。おまえほどの人材を失うことはサンライトのためにも大きな損失だと言ったら、その点はおやじも認めてくれた。そこでだ……」

本明は、椅子《いす》に凭《もた》せていた上体を寄せて、ぐっと顔を近づけてきた。

「人事部長の俺に、おまえの身がらをあずけてくれたというわけだ。おやじにしてみれば屈辱的ともいえる大譲歩だが、俺の顔をたててくれたわけだ」

「それはありがとう。しかし、僕の気持ちは変えようがないな」

さばさばした新井の口調に、本明は首をかしげながらも、思い入れたっぷりに抑揚をつけて言った。

「そう強がりを言うな。おまえの希望どおり国内のポストを確保したよ。おまえは不満かもしれないが、サン・ステレオへひとまず出向してもらう。印象的には左遷《させん》の扱いになるが、おやじと女帝の気持ちが静まるまでの一時的な措置だと考えてほしい。

ブラジルへ飛ばされるよりはましだろう」

「ほんとうに会社に残る気はないんだ」

「おまえ、本気か」

本明は三白眼を剝《む》いた。ようやく嚙《か》み合わない会話に気づいたようだ。

新井は、口もとにうっすらと笑いをにじませた。

「僕は光陵商事を辞めてサンライトへ入ったことはひとつも後悔していない。けっこうおもしろい仕事をさせてもらったと感謝してるよ。ただ、はっきり言わせてもらうが、夫人を抑えられない社長には失望しているし、エコーの話が出てきたときから、きみの不可解な動きにも不信感をもっている」

本明はぎくりとしたようだが、ぐいと顎を突き出した。

「俺に対する不信感とはどういうことだ。具体的に言ってくれ。これだけ、おまえのことを心配している俺に向かって、よくもそんな口がきけたもんだ」

「きみがほんとうにそう考えてるんなら、なにをかいわんやだ」

「俺がおまえに替わってエコーに出向することを言ってるのか」

「………」

「おまえの尻《しり》ぬぐいをやらされてるんじゃないか」

「そうか。きみがエコーへ出向するというのは初耳だが、けっこうじゃないか。きみならうまくやるだろう。成功を祈るよ」

「………」

「ビジネス社会から脱落していこうとしている僕が、こんな口はばったいことをいうのは笑止だが、友達としてひとことだけ言わせてもらおう。きみは有能なビジネスマンだし、会社にとっても必要な男だ。トップの座をめざすのも結構だが、だとしたら、あまりにも自己中心的というか、人間として何かが欠落しているように思える。そのなにかとは、人間としての厚みというか、包容力、思いやりといってもいいだろう。それじゃ、元気でな」

新井は腰をあげた。

「新井、ちょっと待ってくれ」

本明は、中腰になって、新井をひきとめた。その顔がひきつっていた。

「どうしても会社を辞める気か」

「そのつもりだ」

「おまえ、意地になって引っこみがつかなくなってるんじゃないのか。こんなところで意地を張ってもいいことはないぞ」

「あるいはそうかもしれないが、正直いってくたびれたよ」

「どうだろう。今晩、酒でも飲みながら腹を割って話さないか。こんなかたちで別れるのは、お互いあとあじが悪いじゃないか」

「ありがとう。しかし、きみと酒を飲む気にはなれないな」

このひとことには、さすがの本明もこたえたようで、うらめしそうに新井を見上げるきりだった。

自席へ戻って、池上にどう報告すべきか思案している本明のもとへ、秘書室から電話が入り、社長が呼んでいると連絡してきた。

本明は考えがまとまらないままに社長室のドアをノックした。

「新井は承知したか」

池上は、本明の顔をみるなり言った。

「それが……」

本明が言いよどんでいると、池上は席から起ち上がり、

「どうした」

と、ほとんど怒鳴るような声を発した。

「辞表を撤回する気持ちはないそうです」

池上がソファのほうへ近づいてきた。

「サン・ステレオでは不満なのか」

「それもあると思いますが、社長や社長夫人のことをいろいろ言ってました。社長のことを悪く言う男を、引き留めなければならないのでしょうか。私としては、あの男をゆるすわけにはいきません」

「わしのことをなんだと言っとるんだ」

「それはごかんべん願います。私にはとても申し上げられません。とにかく、新井のことは諦めてください。あれほど恩誼《おんぎ》をわきまえない、わからずやだとは思いませんでした」

「サンライトを辞めて、どうしようというのか」

池上が腕組みをして、つぶやくように言った。

本明はいかにも腹立たしげに投げやりに答えた。

「さあ……。あんな男、もうどうでもいいですよ」

「そうか。新井はそれほど話のわからん男か。それでは辞表を受理せなならんな」

「仕方がないと思います」

「もう一度だけ、わしが話してみるか」

未練ありげな池上に、本明はあわてて言った。

「おやめになったほうがいいと思います。失礼ながら、社長ほどの方が、いつまでも新井ていどの男に未練をお持ちになるのはどうかと思います」

「わかった。もういい」

池上は、さも不快そうに手を払って、本明を返した。

5

新井は、人事部から西村のところへ廻った。

退職の挨拶《あいさつ》をしておこうと考えたのだが、西村は一瞬、表情をこわばらせたものの、苦労人らしく、とぼけた顔で、

「本明部長から話を聞いてくれましたか」

と、訊《き》いた。

「ええ。いま話してきたところです」

「それなのに会社を辞めるというのはどういうわけです？　ご不満でしょうが、いっとき辛抱してくださいませんか」

「そういうことではありません。僕はサラリーマンを失格したようですから、ちょっ

とかわった仕事をしてみたいと考えています」

「あなたもせっかちですね。なにをそんなにバタバタしてるんですか。社長のお気持ちをすこしはわかってあげてください」

西村は先刻、池上、本明の三者で話し合ったことを新井に詳しく話してきかせた。

「私には社長の気持ちがよくわかります。新井さんを手放したくない、なんとしてもサンライトから辞めさせたくない、そう思うからこそ、本明部長にあなたを引き留めるように指示したんです。あの強気な人が、我《が》を殺して、本明部長と私に演出までしてあなたを引き留めようとしてるんですよ。そこのところを汲《く》んであげてくださいませんか」

「ご心配かけて申し訳ないと思います。しかし、辞表を撤回する気はありません」

「新井さんほどの人なら、引く手数多《あまた》でしょうね」

「そんなことはありません。サラリーマン稼業《かぎょう》から足を洗おうと思っています」

「えっ。なにかご商売でも……」

西村はまじまじと新井の顔を見た。

「自宅で塾でも始めようかと思っています」

「ほうっ、塾ですか。驚きましたね。あなたにはサンライトで偉くなってもらいたいと思っていたのですが……。どうでしょう。半年ほど休職扱いにして、退職するかどうかは、そのあとで決めても遅くはないと思いますが。これは私の一存ですが、社長も諒解《りょうかい》してくれると思います」

「お気持ちはありがたくいただいておきます。しかし、僕だけがそんなわがままをゆるされるというのも、どうかと思います」

「あなたは、サンライトに入社されてから、きょうまで一日も休まずに会社のために働いてくださったのですから、これくらいの例外は認めてもおかしくありませんよ。ぜひ、そうさせてください。忌憚《きたん》なく言わせていただくと、塾の経営なんて、おもしろいものではないし、新井さんには不向きだと思いますが。計画の段階で、厭《いや》になったら、すぐに私に連絡してください」

西村にしては、ずいぶん思い切った発言だった。

6

十月一日付で、サンライト電子工業は大幅な人事異動を発令した。常務の西村の人事部長、同じく岡本の海外事業部長の委嘱が解かれ、後任が決まり、四十一、二年入社組の課長昇格なども行なわれたが、そのなかに武邦の名前はなかった。四十二年組の中で課長に昇格したのは全体の三分の一に過ぎなかったが、それでも武邦の落胆は小さくなかった。

本明がエコーに出向するときに、人事部の次長、課長に武邦の扱いについて含めておけば、その課長昇格が実現するチャンスがあったと思えるが、本明はそれをすっかり失念してしまったのである。というより、本明にとって武邦の存在など眼中になかったというべきかもしれない。

また、海外事業部長を委嘱されていた岡本常務からもとくに推薦はなく、武邦は課長補佐のまま企画部に配置転換された。武邦は、このことを本明に言うべきかどうかずいぶん迷ったが、ある夜、勇を鼓して本明の自宅へ電話をかけた。

新井追放に一役買っているという自信が、武邦をして積極的な行動をとらせたのであるが、人事異動が発令されてから十日近く経過して、なお本明からなんの連絡もなかったことにしびれを切らしたのだ。たとえ言い訳にせよ、本明からひとことあってしかるべきだと武邦は考えたのである。

「ああ、きみか。用件はなんだ」

本明の素気ない返事に、武邦はむらむらっとした。

「一日付の異動で企画部に移されました」

「そうらしいな。ま、しっかりやってくれよ」

「同期で課長になったのがかなりいます……」

「半年や一年、どうってことはないじゃないか」

忘れているのか、とぼけているのか、本明は木で鼻をくくったように答えた。

「いつでしたか、本明部長に、秋の異動で課長に推すといわれましたから、私もそのつもりで張り切ってやったつもりです。家内にも話してしまって、かっこが悪くて……」

さすがに武邦ほどの男でも、心臓が高鳴った。

「もし、もし」

と、武邦が返事を促すまで、話が途切れた。

「うん、俺なりに骨を折ったつもりだが、人事部長を離れてしまうと、発言力が弱くなるんでね。それに、きみは新井に嫌われてたらしいから、案外、新井あたりから岡本常務になにか吹き込まれてたかもしれんな。しかし、エコーのほうもほとんどメドがついたし、俺もあと半年もすれば本社に帰るから、そう心配するな」

どこか空疎《くうそ》な本明の返事に、武邦は失望と同時に、いいようのない怒りで躰《からだ》がふるえた。

武邦は、企画課長の大関と一杯飲んだときに、酔った勢いで、週刊誌の一件を洩《も》らした。

「あれを週刊誌に書かせたのは、間違いなく本明部長だと思いますね」

「どうしてそんなことがわかるんだ」

大関は、武邦が本明と親しいことを承知していただけに、びっくりしたようだ。人事課長の山崎と同期の大関は、山崎から武邦が人事部にちょくちょく顔を出すことを、かるい非難をこめて聞かされていた。

「本明さんは、新井さんに猛烈なライバル意識を持ってましたからね。週刊誌の件は、証拠はありませんけど、興信所だかに新井さんを尾行させたり、秘書の中川さんと食事をしているところを写真に撮らせて、それを社長夫人に投書した話は、本人から直接聞かされました」

「きみは本明さんの腹心じゃなかったのかね」

武邦は、大関から皮肉っぽく言われて、あわてたが、

「とんでもない。そんなふうに見られてるとしたら迷惑ですよ」

と、シラを切った。

大関は、武邦の心情をほぼ正確に読んでいた。

課長になれなかった腹いせで、本明を攻撃しているに相違ない、と大関はとった。

大関は、武邦の話を池上恵美子に伝えるべきかどうか躊躇《ちゅうちょ》したが、それを握り潰《つぶ》すことは恵美子に対する裏切りにほかならなかった。恵美子が本明を重用しているだけに、それに水を差すことになるので、判断が難しいところだが、恵美子がその犯人をつきとめたがっていることも大関は知っていた。

恵美子が大関を含めて十数人の部課長クラスを手なずけて、サンライト社内の動静を収集していることは、社長の池上も知らないことである。もちろん、大関自身、誰と誰が恵美子と通じているのか、そしてその数についてもわからなかったが、恵美子はエリート意識をくすぐるように「きみだけが頼りよ」と、三年ほど前、大関を自宅に呼んで囁《ささや》いたものだ。それは、池上が関西方面に出張しているときだったが、もとよりその対象が大関一人であるわけがなく、大関は注意深く、それらしき者を特定することに努めてみたものの、神経をすり減らすだけつまらないと考えて、やめてしまった。

お庭番のようで、うしろめたい思いがしないこともなかったが、恵美子に眼をかけられたことは、まさに出世につながることが目に見えていたし、これをふり切れる勇気はなかった。

大関は、人の讒言《ざんげん》や中傷の類《たぐい》はできるだけ避けて、建設的な意見を恵美子に述べることに努めてきたつもりだった。そこに大関の良心があった。大関は、かつて新井こそ、恵美子がひそかに社内に放っている腹心のリーダー格ではないかと考えたことがあった。恵美子が新井を買っていることがありありと、その言動にみてとれたからだが、新井の休職で、それも訂正しなければならなくなった。恵美子の新井に対する執心がひととおりのものではなく、多分に感情的なものも加味されているように思えていただけに、大関には、それが信じられなかった。

大関は、まさか武邦が恵美子と大関の関係を承知していて、本明のことを暴露したわけではあるまいな、と一瞬疑ってかかったが、武邦の本明攻撃はごく単純なことに根ざしているようであった。

ともかく、大関は、このことを恵美子に報告した。

7

十月中旬のある日の午後、池上恵美子が突然、逗子の新井宅にクルマを乗りつけてきた。真理子は通院日で、新井一人だった。

「案外元気そうじゃない。そろそろ会社が恋しくなるころじゃないの。おとうちゃまは、きみに寛大だから、まだ辛抱強く待ってるけど、いいかげんに結論を出してもらいたいわね」

「恐れいります。ところで、きょうはなにか……」

「あんたの顔を見に来たのよ」

「……」

「本明が私の仕事を手伝ってくれてるけど、実によくやってくれるわ」

「そうでしょうね。本明君は私と違ってやり手ですから」

「まったくだね。相当なものよ。さすがあの男のやることは水ぎわだってるわ。組合の委員長と書記長を抱き込んで、見事に合理化をやってのけたわ。とってもあんたにはできない芸当だね。経理のベテランをサンライトから一人連れて来て徹底的に経理を洗い直してくれたし、使い込みをした経理部長の両親、兄弟を締めあげて、半分以上回収してくれたし、とにかく本明のスゴ腕には感服させられたわ。ちょっと怖いくらいよ。まったく使いべりしない凄《すご》い男だけど、もうひとつ、ぴんとこないところがあるわ。おとうちゃまのいう、仕事ができるだけじゃやっぱり駄目なのかしら。愛情がないと……」

恵美子は一瞬、遠くを見るような眼つきをしたが、すぐに新井に視線を戻した。

「あんた、いつまで、こんなところにくすぶっているつもりなのよ。それとも、まだ私を怨《うら》んでるの」

「いいえ。そんなことはありません」

「来年のサンライトの役員の改選期に、すこし役員を若返らせたいと思ってるんだけど、こととしだいによっちゃ、本明とあんたを推薦してもいいのよ」

「私は、会社へ戻る気はありません」

「いつまで意地を張ってるの。いいかげんにしてよ。いままでのことは水に流してあげてもいい。そのかわり誠心誠意、私に尽くしてくれなければ困るわ。どうやら、本明は、そのつもりになってるようだけど、私にはもっともっとブレーンがほしいのよ。おとうちゃまが元気なうちにサンライトの社長に必ずなってみせるわ。どう、私に協力しない」

　恵美子は憑《つ》かれたように話しつづけた。

「いつかもあんたに話したことがあったわね。私は、本明よりあんたを買ってるのよ。あんたが病妻を抱えて苦労してることは調べてわかったけど、あまり先が永くないっていうじゃない。あんたは仕事に生きるべきなのよ。サンライトのためにも、自分のためにも、もっと働くべきなんだわ」

「私は辞表は受理されたものと思ってます」

新井は狂的に光る恵美子の眼を、睨《にら》み返した。恵美子が顔をひきつらせて、

「そう」

と、短く言った。

いらいらした仕草で、セブンスターを咥《くわ》え直した。

「ところで、おもしろい話があるわよ」

恵美子はセブンスターを一服したきりで、それを灰皿にこすりつけた。

「あの記事を週刊誌に書かした男がわかったわ」

「もう忘れました」

「誰だと思う」

「誰だっていいですよ。関心もありませんし……」

「たぶん、あんたのことだから見当はつけてると思うけど、お察しのとおり本明よ」

「…………」

「驚かないところをみると、やっぱりそう思ってたのね」

「…………」

「私はヘビどし生まれじゃないけど、ヘビみたいにしつこい女よ。あんたにも必ず突

き止めてみせるといったはずだわ。私はサンライトで女帝と言われている女よ。私には社内の情報をいろいろ言ってくるものがゴマンといるわ。あんたの部下だった武邦という男が酔って、ある男にしゃべったというわけ。武邦は今度の異動で課長になれないことを恨んで、本明を裏切ったんだろうって、その男は解説してたけど。まだまだあるわ。興信所だかにあんたを尾行させて、秘書課の女の子と一緒のところを写真に撮らせたのも本明の仕業よ」

「それで、社長はこのことをご存じなのですか」

新井は落ち着いて言った。

「まさか。いま本明を追及したって始まらないじゃない。それとも、あんた本明と対決する？」

「そんなつもりはありません。社長には伏せておいてください。あのとき、本明には本明の立場があったんだと思います」

「ずいぶん、きれいごとをいう人だね。とても本心とは思えないけど。たしかにライバルを蹴落《けお》とすために、そこまでやる本明はある意味では立派かもしれないな。見上げたものだわ。誰かさんみたいに、いじいじしてるよりよっぽど、ましだと思うわ」

恵美子は、新井の闘争心をかきたてるつもりなのか、焚《た》きつけるように言った。

「それでも、あんた口惜しくないの」

新井は黙っていた。

「まったく見損なったわ。あんたは塾の先生がいいところね。しょせん、その程度の器量しかないのよ」

恵美子は燃えるような眼で、新井を睨んで腰をあげた。

自動車のエンジン音が遠ざかって行った。

これでなにもかも終わった。これでいいのだ。新井は妙にさわやかな気分になっていた。

解説

中沢孝夫

学生たちにいつも高杉良の小説を読ませている。そこには経済学の教科書によっては教えることのできない、企業・産業の内情や仕事の具体性、あるいは人間関係など、職場で繰り広げられるさまざまな「事実」が描かれているからである。それは就職活動をしている若者たちにとって、企業研究、職場紹介の宝庫であるといってもさしつかえない。

例えば本書の第二章で、プラスチックメーカーの中央化学と、主人公・新井《あらい》治夫《はるお》の勤務先である（三菱商事を連想させる）光陵商事との業務提携。そして中央化学の技術開発の情報をもたらした浅岡化工との資本提携のやりとりが紹介されているが、そこでは商社とはどのような仕事をする存在なのかが実に明瞭《めいりょう》に描かれている。

「まず、中央化学の工場建設に際して、国産、輸入を問わず機械、機器などの購買、建設業者、エンジニアリング業者の斡旋《あっせん》などで、コミッション・マーチャントとしての機能をフルに活用し、工場が完成し製品化されれば、この販売でも何パーセントかの口銭が得られる」

といった具合である。また浅岡化工との関係で言えば、浅岡社長が「光陵商事さんが出資してくだされば銀行の信用がつきます。われわれ中小企業は金融力のないことが最大の悩みです」と頼んだことからはじまった資本提携は、またたくまに深まり、一年後には株の過半数が光陵商事の手に渡り、浅岡化工の材料の仕入れから製品の販売までの、ほとんどを光陵商事が扱うようになっていた。しかも赤字を理由に創業社長を追い出し、会社そのものを乗っ取るといった荒っぽいことも平気でやる。そしてそれを平然とやる人間が出世するのが現実なのだ。

海千山千の商社マンにとって浅岡化工の支配権を手に入れることは、赤子の手をひねるほどに簡単なことであったに違いない。もちろん浅岡社長にも瑕疵《かし》がある。30％の株を手渡すだけでも経営に大きな制約が生ずるのは当然だし、ましてや過半数を押さえられたら、経営者としていつでも退陣に追い込まれる可能性があることは当たり前と思わなければならない。

また新井のビジネスマンとしての最初の躓《つまず》きともいえるこのエピソードは、事態が深く進行するまで、蚊帳《かや》の外に置かれていたという意味で、うかつといえばうかつであった。資本提携の深まりの結果は当然にして予測すべきだったのである。

しかしそれにしても、本書は「悪人」のオンパレードである。だから面白いのだが、最初に登場した「悪人」は、もちろん新井の母親の貴子である。主人公が望んだ真理子との結婚話に、高卒で「氏素性の知れない片親の娘なんて、あまりといえばあまり」と会社に怒鳴り込み、あげくのはてに真理子を呼び出し、「家柄がどうの、学歴がどうのとさんざんまくしたて」たのである。高杉は「常軌を逸している」と書いているが、昭和30年代は本当にこんなものだった。筆者（中沢）も何人か会ったことがあるが、外交官とその夫人の傲慢《ごうまん》・高慢さはただごとではなかった。新井貴子は決して例外的な存在ではなかったのだ。こんな女が新井治夫を育てたという事実が信じられないくらいである。

また片親であることなどが、採用で問題になったというエピソードが紹介されているが、商社に限らない。銀行をはじめとして大企業は多かれ少なかれ、同様であったといってよい。もちろん離婚などもタブーだった。

ついでに触れておけば、本書の中で、商社マンが会社の暖簾《のれん》を借りて商売をしている側面があることを、「ピロウ・イングリッシュ」（ベッドで覚える英語）の達人であるロンドン支店の大西部長代理が、半ば自嘲《じちょう》ぎみに「ヘルプがつく銀座のホステスと同じ」であるとなぞらえているが、たしかに脛《すね》の傷を恐れていては商社での仕事はできない。

また大西の発言のあと、「総合商社の現業部門ではマン・ツー・マンで、ヒラであれ、なんであれ大抵の場合は女子社員が一人付くことになって」いると説明が続いているが、こういう仕事の仕組みが確かにある。また誤解されてもかまわないのではっきりといっておくが、いま現在でも商社の女子社員の採用基準は容姿である。筆者はそのような採用をたくさん見てきている。

母親の次に登場した「悪人」が新井と同期入社の畑中である。辣腕《らつわん》であり、良心などどうでもよく、出世競争に邁進《まいしん》するタイプである。「資本の論理」を振り回し、創業者としての浅岡社長を擁護する新井の主張を「浪花節《なにわぶし》」と切り捨てるのである。こういうタイプは、利害関係でしか人間を見ていないので、「情」とか「筋」などというものには洟《はな》も引っかけないといってよい。しかし畑中の主張にも「一理」はあるのだ。

さて、社内で出会った真理子との恋を貫いた新井の、最初の赴任先（人事異動）はロンドンだった。そこは「あなた聖心、それとも東女」などと問いかける世界であったが、夫婦単位で行動するしきたりの中で、真理子の身体《からだ》はだんだん蝕《むしば》まれていった。

そのロンドン勤務中に出会ったのが、サンライト電子工業の池上堅太郎である。大学時代のクラスメート・本明勝《ほんみょうまさる》の紹介だ。ロンドンでのアテンドに感激し、新井の人柄にぞっこん惚《ほ》れ込んだのが、池上社長とその二度目の妻・恵美子だった。新井のスカウトに乗り出したのだ。この恵美子と本明勝が、次に登場する「悪」である。特に本明は極め付きの「悪」である。

新井が池上のスカウトに応じたのは、海外への「人事異動」の打診がきっかけだった。「南米まで支配下におく」ニューヨーク勤務は「光陵マンあこがれの地」であったが、新井にとっては妻・真理子の病状が、透析治療が目の前というまで悪化し、しかも妊娠するという最悪の状況にあった。ロンドンでの苦労が真理子の病を悪化させたことは明らかであり、この「人事異動」が「光陵商事を辞めよう」と決心させる動機となった。

サンライト電子工業での、海外事業の展開をはじめとする新井の活躍は本書にある通りだが、入社した時の最初の会食での社長とその妻・恵美子との会話で「すっかり考え込んでしまった」のは後になって分かる残念な正解だった。恵美子の「私のアドバイザーにもなってちょうだい」という「命令」は、会社という組織の秩序を逸しており、「妻の会社への介入」という非常識極まることが待っていた。

その非常識が最後に新井をしてビジネスマンとしての世界をリタイアさせることになったのである。

サンライト電子工業の関係者は新井の能力と会社への貢献を認めたが、「人事異動」は本人の希望や意思あるいは能力とは異なった要素で決まる。恵美子の経営するファッション企業の立て直しのために、新井へ出向の打診（命令）があった。恵美子は能力はあっても、人間的に問題のある本明を評価していなかった。自分を棚に上げた勝手な判断だが、人間とはそんなものである。

「社長夫人が人事に介入するのは納得できない」と正論を吐く新井を待っていたのは、罠《わな》としかいえないブラジルへの「人事異動」であった。辞表を提出する新井に池上社長は最後まで未練を持つが、結果は本書にある通りだ。

ビジネスマンにとって「人事異動」は喜怒哀楽の集大成である。新井の場合は超エリートとしてニューヨーク勤務を始めとして、明らかな出世コースであり、普通ならば断る必然性がない。問題は妻の真理子の健康にあった。新井は不運だったといえよう。

ところで、いうまでもないことだが、高杉の小説は周到であり無数の伏線がさりげなく張り巡らされている。登場人物の性格や思いをよく読者に伝えながら、かつ全体の進行を会話によって知らせている。

例えば、企業エリートであった新井が、本書の最初で、日本有数の総合商社である光陵商事に退職を願い出た場面では、入社を慫慂《しょうよう》した叔父の三浦芳彦《みうらよしひこ》が次のようにいう。「中途入社は決して浮かばれることはないぞ。また会社を辞めるようなことになるのが落ちだろう」と。

中途入社で損をしたわけではないし「浮かばれなかった」こともないが、新井が「また会社を辞めることになった」のは事実である。三浦の予測は当たっていたといえよう。しかしここで問われているのは、人間の生き方であり、幸福に対する感じ方である。塾の先生になって妻と生きようとする新井は権謀術数が好きではなかったのだ。

さて、どのようなジャンルの小説でも、生命力のある作品は、時代を超えて共通する人間に関する本質が書かれている。本書の場合で言えば、職場で日常的に起こる、「人事」(出世)に関わる不合理な出来事がテーマとされている。つまり処遇(人事)が必ずしも能力や適材適所といったことで行われるわけではなく、人事権者の恣意《しい》的なものや、特に嫉妬《しっと》を中心とする「感情」が決め手になることを、さまざまな会話によって明らかにしている。あるいは権謀術数を弄《ろう》する、「自己顕示欲の強い者ほどふるいにかけられても残る確率が高くなる」のも事実なのだ。

感情論という言葉があるが、「論」の中でも「感情論」こそが、もっとも強い「論」であると言ってもさしつかえない。その典型が本明である。

バブルが崩壊した一時期、いくつもの商社が崩壊しかつ再編され、不要論が叫ばれたが、近年になって商社の役割の大きさが再評価されつつある。原発や新幹線の輸出などの案件でも、プロジェクトの中心にいるのは商社である。その評価の根幹にあるのは、本書にあるように相手国との人脈を中心とする「情報網」と、ものごとを「まとめる」能力の高さである。

本書が最初に刊行されたのは1979年だ。新井が光陵商事に入社し、ビジネスマンとしての人生を歩み始めたのは、高度成長がスタートしたすぐの昭和33年（1958年だが）である。年率10%を超える経済成長の日々を過ごした1960年代から1973年のオイル・ショックを経て、日本経済が安定成長の軌道に乗り、グローバル化が進展しはじめた頃が時代設定だ。

新井が担《にな》ったサンライト電子工業の海外展開は、当時の時代を映す鏡といってよい。それから30年以上たった現在は企業の海外進出のラッシュが続いている。そういう意味で高杉良の小説は優れた経済史であると同時に、現実世界を先取りしているといえるのだ。
「人間論」としての側面も備えた本書の、時代を超えた生命力はそこにあるといってよい。

（平成二十三年二月、福井県立大学特任教授）

この作品は一九七九年二月に日本経済新聞社より『自らの定年』と題して刊行され、一九八二年十月に『人事異動』と改題して集英社文庫に収録された。なお、本文庫収録にあたっては、一九九六年七月に角川書店より刊行された『高杉良経済小説全集　第3巻』を底本とした。

高杉良著
王国の崩壊
業界第一位老舗の丸越百貨店が独断専横の新社長により悪魔の王国と化した。再生は可能なのか。実際の事件をモデルに描く経済長編。

高杉良著
不撓不屈（上・下）
中小企業の味方となり、国家権力の横暴な法解釈に抗った税理士がいた。国税、検察と闘い、そして勝利した男の生涯。実名経済小説。

高杉良著
明日はわが身
派閥抗争、左遷、病気休職——製薬会社の若きエリートを襲った苦境と組織の非情。すべてのサラリーマンに捧げる渾身の経済小説。

高杉良著
破滅への疾走
権力に固執する経営者と社内人事を壟断する労組会長の異様な密着。腐敗する巨大自動車メーカーに再生はあるのか。迫真の経済小説。

高杉良著
暗愚なる覇者
—小説・巨大生保—（上・下）
最大手の地位に驕る大日生命の経営陣は、疲弊して行く現場の実態を無視し、私欲から恐怖政治に狂奔する。生保業界激震の経済小説。

高杉良著
会社蘇生
この会社は甦るのか——老舗商社・小川商会を再建するため、激闘する保全管理人弁護士たち。迫真のビジネス&リーガルドラマ。

城山三郎著

毎日が日曜日

日本経済の牽引車か、諸悪の根源か？　総合商社の巨大な組織とダイナミックな機能・日本的体質を、商社マンの人生を描いて追究。

城山三郎著

部長の大晩年

部長になり会社員として一応の出世はした。だが、異端の俳人・永田耕衣の本当の人生は、定年から始まった。元気の出る人物評伝。

楡周平著

再生巨流

一度挫折を味わった会社員たちが、画期的な物流システムを巡る新事業に自らの復活を賭ける。ビジネスの現場を抉る迫真の経済小説。

楡周平著

異端の大義（上・下）

保身に走る創業者一族の下で、東洋電器は混迷を深めていた。中堅社員の苦闘と厳しい国際競争の現実を描いた新次元の経済大河巨篇。

垣根涼介著

君たちに明日はない

山本周五郎賞受賞

リストラ請負人、真介の毎日は楽じゃない。組織の理不尽にも負けず、仕事に恋に奮闘する社会人に捧げる、ポジティブな長編小説。

垣根涼介著

借金取りの王子

―君たちに明日はない2―

リストラ請負人、真介に新たな試練が待ち受ける。今回彼が向かう会社は、デパートに生保に、なんとサラ金!?　人気シリーズ第二弾。

新潮文庫最新刊

宮城谷昌光著
新三河物語（上・中・下）
三方原、長篠、大坂の陣。家康の覇業の影で身命を賭して奉公を続けた大久保一族。彼らの宿運と家康の真の姿を描く戦国歴史巨編。

宮城谷昌光著
古城の風景Ⅲ
―北条の城　北条水軍の城―
徳川、北条、武田の忿怒と慟哭を包んだ古城を巡り、往時の将兵たちの盛衰を思う城塞紀行。歴史文学がより面白くなる究極の副読本。

佐伯泰英著
熱風
古着屋総兵衛影始末　第五巻
大黒屋から栄吉ら小僧三人が伊勢へ抜け参りに出た。栄吉は神君拝領の鈴を持ち出したのか。鳶沢一族の危機を描く驚天動地の第五巻。

佐伯泰英著
朱印
古着屋総兵衛影始末　第六巻
武田の騎馬軍団復活という怪しい動きを摑んだ総兵衛は、全面対決を覚悟して甲府に入る。柳沢吉保の野望を打ち砕く乾坤一擲の第六巻。

高杉良著
人事異動
理不尽な組織体質を嫌い、男は一流商社の出世コースを捨てた。だが、転職先でも経営者の横暴さが牙を剝いて……。白熱の経済小説。

嶋田賢三郎著
巨額粉飾
日本が誇る名門企業〝トウボウ〟の崩壊。そして、東京地検特捜部との攻防――。事件の只中にいた元常務が描く、迫真の長篇小説！

新潮文庫最新刊

よしもとばなな著
もりだくさんすぎ
―yoshimotobanana.com 2010―
一生の思い出ができました――旅、健康を思う日々、そして大成功の下北沢読者イベントまで、あふれる思いを笑顔でつづる最新日記。

釈　徹宗著
いきなりはじめる仏教生活
自我の肥大、現実への失望……その悩みに、仏教が効きます。宗教学者にして現役僧侶の著者による、目からウロコの仏教案内。

久保田　修著
ひと目で見分ける580種
散歩で出会う花ポケット図鑑
日々の散歩のお供に。イラストと写真を贅沢に使い、約500種の身近な花をわかりやすく紹介します。心に潤いを与える一冊です。

早瀬圭一著
大本襲撃
―出口すみとその時代―
なぜ宗教団体・大本は国家に襲撃されなければならなかったのか。二代教主出口すみの生涯を追いながら昭和史に埋もれた闇に迫る。

中村尚樹著
奇跡の人びと
―脳障害を乗り越えて―
複雑な脳の障害を抱えながらも懸命に治療に励む本人、家族、医療現場。〝いのち〟、〝こころ〟とは何かを追求したルポルタージュ。

G・ジャーキンス
二宮　磬訳
いたって明解な殺人
犯人は明らかなはずだった。だが見え隠れするねじれた家族愛と封印された過去のタブー。闇が闇を呼ぶ絶品の心理×法廷サスペンス！

人《じん》事《じ》異《い》動《どう》

新潮文庫　た - 52 - 20

平成二十三年四月一日発行

著者　高《たか》杉《すぎ》良《りょう》

発行者　佐藤隆信

発行所　株式会社　新潮社

郵便番号　一六二―八七一一
東京都新宿区矢来町七一
電話　編集部(〇三)三二六六―五四四〇
　　　読者係(〇三)三二六六―五一一一
http://www.shinchosha.co.jp

価格はカバーに表示してあります。

乱丁・落丁本は、ご面倒ですが小社読者係宛ご送付ください。送料小社負担にてお取替えいたします。

印刷・二光印刷株式会社　製本・憲専堂製本株式会社

ISBN978-4-10-130330-7 C0193